Günter Grass
Gesammelte Gedichte

Mit einem Vorwort
von Heinrich Vormweg

Luchterhand

Sammlung Luchterhand, September 1971
Umschlag von Kalle Giese
mit einer Grafik von Günter Grass

6. Auflage, März 1981

© 1971 by Hermann Luchterhand Verlag GmbH,
Darmstadt und Neuwied
Gesamtherstellung bei der
Druck- und Verlags-Gesellschaft mbH, Darmstadt
ISBN 3-472-61034-4

Heinrich Vormweg

Gedichteschreiber Grass

Dichter sind in Verruf geraten. Gedichte erregen Mißtrau-
en. Es besteht Verdacht, daß Dichter und Gedichte den Nebel miterzeugen, der das Reale der Wahrnehmung entzieht.
Der Verdacht ist begründet. Allerdings bleibt er halbe Sache, wenn er nicht auch die Verdächtiger trifft – und jede
Meinung, Vorstellung, Lehre, jeden Satz, geschrieben oder
gesprochen. Manche Ankläger sind Dichter, die sich nur einen andersfarbigen Nebel wünschen. Und bis heute gibt es
Gedichte, die mißtrauisch und ohne Seitenblick auf Wirkungen gleich welcher Art, in zähem Aufstand gegen Ver-
schleierung, Reales aussprechen.
Mißtrauen ist die beste Voraussetzung für das Lesen von Gedichten wie für das Gedichteschreiben. Sie hat leider nur soweit Tradition, als man sie zu allen Zeiten nach Kräften ver-
weigerte. Meist waren Dichter rar, die bereit gewesen wären, sich durch Mißtrauen um den Kredit zu bringen. Beifall
gewinnt leichter, wer Beifall leistet. In anderen Fällen half
Unterdrückung. Mißtrauen unterhöhlt die Absprachen,
Übereinkünfte, Gewohnheiten und immer zweifelhaften
Vorrechte, spürt das Falsche auf, in Gedichten und in anderer Hinsicht, auch mittels Gedichten. Das stört.
Der Vorwurf andererseits, mit dem man sich gegen Mißtrau-
en wehrt, wird legitimiert durch die Behauptung, es behin-
dere die volle Entfaltung des Wirklichen und Wahren. Auch
das trifft zu. Der Widerspruch, der sich hier abzeichnet, hat
seinen Grund in der Menschlichkeit des bekannten Wirklichen, darin, daß es in der Wahrnehmung immer zugleich
auch produziert wird. Um so mehr Anlaß zu Vorsicht besteht. Gewißheit gibt unter solchen Umständen nur der
Glaube. Der allerdings macht dem Mißtrauischen Angst:

»... als Saulus, gleich nach der Häutung,
in mir, – ich sprang! –
den belehrbaren Delphin entdeckte,
als ich dran glauben sollte, dran glauben sollte,
säuerte Angst mein Gelächter:
ich sicherte den Ausgang,
tauchte und schwamm mich frei.«

Die Zeilen stehen in dem Gedicht »Der Delphin«, das Günter Grass »dem Apostel Paulus und Peter Weiss« gewidmet
hat, einem der Gedichte des Bandes »Ausgefragt«, die nach
dessen Erscheinen Erregung verursacht und Grass Feinde
unter seinen vorherigen politischen Freunden gemacht haben. Grass wollte und will nicht dran glauben, und der Glaube links gilt ihm so viel wie der Glaube rechts. Mißtrauisch
tritt er dafür ein, den Berg, der versetzt werden muß, lieber
Brocken für Brocken zu transportieren. Die letzten Zeilen
des Gedichts »Gesamtdeutscher März« in »Ausgefragt«
präsentieren das bekannte Resümee:

»... glaubt dem Kalender, im September
beginnt der Herbst, das Stimmenzählen;
ich rat Euch, Es-Pe-De zu wählen.«

Hier ist einer der Fixpunkte, die zu beschreiben sind, will
man den Gedichteschreiber Grass charakterisieren. Der andere ist, daß Grass nur sehr zögernd und mit noch heute
wirksamen Vorbehalten sein Mißtrauen auch auf das Material gerichtet hat, aus dem Gedichte gemacht sind: auf die
Wörter, die Sprache.

Fast anderthalb Jahrzehnte nach dem Erscheinen der ersten
Gedichte von Günter Grass ist die – schon oft versuchte –
Interpretation ihrer Sprache und ihrer Bildlichkeit zunächst
nicht mehr vordringlich, und vielleicht ebensowenig ein dif-
ferenzierendes Abwägen ihrer Qualitäten, das manchmal
Gedichte in den Vordergrund stellen müßte, die für die Veränderungen in der Produktion weniger bezeichnend sind als
andere. Eine Skizze mag genügen. Wie z. B. in den frühen

Gedichten des 1956 erschienenen ersten Bandes »Die Vorzüge der Windhühner« Dinge, Bilder, vorgestellte Figuren als
Subjekte und Objekte fungieren – der erste Frost zählt Rüben, die Fahne blutet, Kinder bewohnen den Nachmittag,
der Pförtner blättert lustlos in den Türen –, das erzeugt eine
offene und doch übersichtliche Dimension, eine kräftig kon-
turierte, farbige, dennoch schwebende Idylle mit surrealisti-
schen Akzenten. Obwohl er in dieser von der eigenen Vorstellung entworfenen Welt manchmal »glücklich am Zaun«
lehnt, etabliert sich der Schreibende nicht zufrieden in ihr,
sondern er durchforscht sie immer wieder, oft fast verwun-
dert darüber, daß sie noch standhält. Er sieht, was da alles
verpuppt ist:

»Die Tage schrumpfen, Äpfel auf dem Schrank,
die Freiheit fror, jetzt brennt sie in den Öfen,
kocht Kindern Brei und malt die Knöchel rot.«
Er entdeckt, ohne schon auf ein Fazit zu zielen, die Unge-
reimtheiten ringsum. So etwa in dem Gedicht »Prophetenkost«, in dem der Schreibende sich selbstkritisch den Stadtbe-
wohnern zuzählt, die sich da so beunruhigend verhalten:

»Als Heuschrecken unsere Stadt besetzten,
keine Milch mehr ins Haus kam, die Zeitung erstickte,
öffnete man die Kerker, gab die Propheten frei.
Nun zogen sie durch die Straßen, 3800 Propheten.
Ungestraft durften sie reden, sich reichlich nähren
von jenem springenden, grauen Belag, den wir die
                                        Plage nannten.
Wer hätte es anders erwartet. –
Bald kam uns wieder die Milch, die Zeitung atmete auf,
Propheten füllten die Kerker.«
Die schönen, trockenen Farben der Bilderbuchwelt mit Puppen, Kindern, Dingen und Windhühnern, die nur um so in-
tensiver wirken zwischen mit schwarzer Tinte, Ironie ja Sarkasmus, doch dünnstrichig gezeichneten Konturen, hier wie
an einigen anderen Stellen noch brechen sie auf, und Angst
wird spürbar, Witterung von Gefahr. Die »Sanftmut, eine

törichte Spieluhr«, will niemand mehr reparieren, heißt es
in dem Gedicht »Drei Vater unser«. Und:

>». . . Gewalt, wer verbog die Sicherheitsnadel,
komm, wir spielen Kain und Abel . . .«

Johannes Bobrowski hat nach dem Erscheinen des Bandes
»Die Vorzüge der Windhühner« beim Autor » kunstge-
werbliche Neigung« konstatiert. Doch die Künstlichkeit,
die zweifellos fast alle realistischen Elemente der Gedichte
in einen sehr persönlichen und in sich ausgewogenen Minia-
turkosmos, ins Idyllische entrückt, ist nur der eine Pol. Die
verhaltene Sanftmut, die Zartheit, die Imaginationen von
Glück in den Gedichten, die frappierend sind vor allem
dann, wenn man an den drei Jahre später erschienenen Roman »Die Blechtrommel« denkt, der dem unbekannten Gedichteschreiber Grass etwas so Vielerstrebtes und Anachro-
nistisches wie Weltruhm einbrachte, bleiben der Erfahrung
ausgesetzt. Viele dieser frühen Arbeiten sind Wunschgedich-
te, sinnlich dicht und entrückt zugleich, aber der sie schrieb,
machte sich dabei nichts vor. So sehr er die Windhühner, deren Vorzüge er aufzählt, auch liebt:

>»Weil sie kaum Platz einnehmen
auf ihrer Stange aus Zugluft
und nicht nach meinen zahmen Stühlen picken.
Weil sie die harten Traumrinden nicht verschmähen . . .
Weil sie stehen bleiben,
von der Brust bis zur Fahne
eine duldsame Fläche, ganz klein beschrieben,
keine Feder vergessen, kein Apostroph . . .
Weil sie die Tür offen lassen,
der Schlüssel die Allegorie bleibt,
die dann und wann kräht . . .«

Wie die Zeichnungen, die Grass allen seinen Gedichtbänden
beigefügt hat, sind auch die Gedichte des 1960 erschienenen
Bandes »Gleisdreieck« mit dickerem Stift konturiert, voller
und unbekümmerter ins Bild und ins Fleisch gesetzt, selbstsi-
cherer. Die Rolle der Windhühner übernehmen Köche,

Nonnen und Vogelscheuchen und dazu sehr reelles Hühnervolk vom Hühnerhof. Phantasie und ein Realitätssinn, der gerade auch die biederen Aspekte des Alltags nicht versäumt, paaren sich und erzeugen unmißverständliche, doch noch immer offene Bilder. Schauplatz ist das Berlin vor dem Mauerbau, da die U-Bahn-Station Gleisdreieck noch die Putzfrauen von Ost nach West schleuste. Die Themen sind handfest: Brandmauern, grüne Heringe, Ehekrach, Überdruß, Wohnung, Essen, Kinderspielzeug, Tod. Anekdoten fehlen nicht. Aggressionen artikulieren sich jetzt kompakt. Widersprüche sind offen ausgemalt. Die Traumrinden der frühen Gedichte sind nicht mehr erhältlich – das Brot kommt vom Bäcker. Wenn es jedoch unter der Überschrift »Der Dichter« heißt:

»Böse
wie nur eine Sütterlinschrift böse sein kann,
verbreitet er sich auf liniertem Papier . . .«

– so ist diese Bosheit nur begreiflich als Stimmung, als Gemützustand, als ein Herausgefordertsein. Die anschließenden Zeilen pfeifen zurück, geben das Gegengewicht:

». . . Alle Kinder können ihn lesen
und laufen davon
und erzählen es den Kaninchen,
und die Kaninchen sterben aus, sterben aus –
für wen noch Tinte, wenn es keine Kaninchen mehr gibt!«

Bildkräftige, einfallsreiche, pralle Gedichte stehen in »Gleisdreieck«. Keines von ihnen dient der Projektion oder Zelebration eines lyrischen Ichs; obwohl das Ich des Gedichteschreibers sich nie verbirgt, sich massig, bissig, manchmal sarkastisch ins Spiel bringt, hat man es zu tun mit Sachgedichten, Gedichten der Konfrontation mit konkreter Erfahrung, die Erkundung, Überprüfung, Orientierung bezwekken. Bilder setzen nicht Distanz zu den Realien, sondern holen diese heran, zeigen sie deutlicher. Sie sind – wie die Gedichte – Pilotsonden im noch immer unüberschaubaren Gelände der Erfahrung, diesem vertrackten allzumenschlichen

Produkt aus Sachverhalt und unbewußter Deutung, objektiven Verhältnissen und subjektiver Optik, das – wie bekannt ist – auch die Wissenschaften noch nicht hinreichend analysiert haben.

Von »Gleisdreieck« bis »Ausgefragt« vergingen sieben Jahre. In dieser Zeit hat der Gedichteschreiber aus seinen Erkundungen im Erfahrungsbereich Konsequenzen gezogen. Auch sie artikulieren sich in Gedichten, und diese sind nunmehr zu einem großen Teil politische Gedichte. Die Fixierung auf Konkretes findet den anderen Pol: Erkundung nicht mehr allein, sondern auch Anwendung ihrer Ergebnisse zur Veränderung des Erfahrenen und Erfahrbaren wird Inhalt. In einem Gedicht mit dem Titel »Ja« heißt es:

>»Uns verbinden, tröste Dich,
>ansteckende Krankheiten.
>Ruhig atmen, – so, –
>und die Flucht einschläfern.
>Jeder Colt sagt entwederoder . . .
>Zwischen Anna und Anna
>entscheide ich mich für Anna.«

Die folgenden Schlußzeilen des gleichen Gedichts enthalten den Satz, mit dem Grass einen ganzen Zyklus von Gedichten überschrieben hat und der die Position des Gedichteschreibers programmatisch fixiert:

>»Mein großes Ja
>bildet Sätze mit kleinem nein:
>Dieses Haus hat zwei Ausgänge;
>ich benutze den dritten . . .«

Ein zweiter Zyklus ist überschrieben »Zorn Ärger Wut«, und in ihm ergreift der Gedichteschreiber offen Partei: gegen eine radikale politische Opposition, die nach seiner Auffassung Ratlosigkeit und Ohnmacht mittels Protesten nur noch steigert, und für den Kampf um handfeste, um die erreichbare Teilhabe an der Macht. So enttäuscht wie widersprüchlich heißt es am Schluß des Gedichts »Der Epilog«:

>»Immer noch werden Proteste zur Kenntnis genommen

und, – auf Verlangen, – im Protokoll erwähnt.
    Es liegt ein Antrag auf Unterlassung vor:
    Nie mehr soll ohne Macht protestiert werden.
Stimmlos, weil nicht beschlußfähig,
    vertagen wir uns auf morgen.«
Folgerung und Forderung liegen auf der Hand: es gilt, beschlußfähig zu werden, um Stimme zu haben, die gehört
wird und sich behaupten könnte.

Die Gedichte von Günter Grass bestehen auf Inhalt – nicht
der Gefühle, Stimmungen und Selbsterhöhungen des lyrischen Ich, sondern auf Inhalt als Erfahrung und Artikulation
wirklicher Verhältnisse in der Auseinandersetzung zwischen
Ich und gesellschaftlicher Umwelt. Sie berufen sich aufs
Konkrete mit all seinen Widersprüchen, ohne Vorurteil und
mißtrauisch auch gegenüber dem Ich. Schon darin sind sie,
selbst im Vergleich mit der lyrischen Produktion in der Bundesrepublik in den letzten zwanzig Jahren, als Gedichte in
deutscher Sprache außergewöhnlich. Es erlaubt zugleich, die
Position des Gedichteschreibers aus den Texten zu abstra-
hieren und direkt über sie zu verhandeln. Das ist für die
neueren Gedichte von Grass sogar unvermeidlich.
Vor allem die im Zyklus »Zorn Ärger Wut« zusammenge-
stellten Gedichte haben begreiflichen Widerspruch einerseits, Beifall von der falschen Seite andererseits herausgefor-
dert. Sie wurden geschrieben, weil der Versuch vergeblich
gewesen war, politisch bis dahin Ohnmächtige, Schriftsteller
und Intellektuelle, zu greifbarer Aktivität zu veranlassen,
dazu, für eine Partei einzutreten, die mehr Realismus, mehr
Objektivität gegenüber der deutschen Vergangenheit, mehr
soziale Gerechtigkeit versprach als die Regierungspartei.
Die Gedichte artikulieren Enttäuschung darüber, daß die
Neinsager nicht bereit gewesen waren, sich realpolitisch für
eine schrittweise Veränderung der Machtverhältnisse einzu-
setzen. Und solche Veränderung, durch Wahlkämpfe, nennen sie als einzig erfolgversprechend.

Die Gedichte lassen sich zugleich interpretieren als eine Re-
aktion darauf, daß die politische Opposition der Schriftsteller in der Bundesrepublik von den Studenten links überholt
und damit sozusagen aufs Altenteil gesetzt wurde. Grass, so
scheint es, wollte nicht akzeptieren, was da geschah, hielt es
für irreal, falsch und gefährlich. Jedenfalls war es möglich,
den lyrischen Protest gegen die ohnmächtigen Proteste, die
in den Augen von Grass längst zum folgenlosen Ritual geworden waren, gegen die polizeilich genehmigten »Oster-,
Schweige- und Friedensmärsche«, recht leichthändig gegen
den Autor zu kehren. Denn es erwies sich, daß die Summe
der Proteste ein ansehnliches Potential an politischer
Schlagkraft enthielt.
Die Position des Günter Grass wurde – fürs erste – überrollt.
Im zeitweise deutlich spürbaren Machtgewinn der revolutio-
nären Studenten, der außerparlamentarischen Opposition,
schien sich eine konkret revolutionäre Situation vorzuberei-
ten, die erlaubte und forderte, aufs Ganze zu gehen. Und dies
Ganze, es beinhaltete eine andere Macht als jene, die Grass
meint. Zerstörung des Spätkapitalismus, Aufhebung des re-
präsentativen parlamentarischen Systems, das ja tatsächlich
die Prozesse in der industriellen Zivilisation nicht mehr hinreichend erfaßt und objektiviert, sozialistische Neuordnung
– das schien erreichbar und ganz nahe. Das Gefühl, am Vor-
abend der Weltrevolution zu stehen, wurde übermächtig.
Die historisch-objektive – nicht faktische – Ohnmacht der
Herrschenden schien transparent geworden: Papiertiger
und Charaktermasken, austauschbar: der direkte Kampf
hatte begonnen.
Die Gedichte des Günter Grass sind, das belegt der Blick
über die gesamte Produktion, Ergebnisse eines auf existen-
tielle Weise experimentellen, hartnäckigen Sich-Einarbeitens
ins Konkrete als das Faktische. Das schließt ein: CSU und
NPD, die Vertriebenenverbände, die Großindustrie, die
Wahlergebnisse, die Lust der Ausgebeuteten an ihrem Zustand, Versagen, Altwerden, Tod. Es schließt, so zeigen die

Gedichte, ferner ein: Allergie gegen Totallösungen und Glaubensbekenntnisse, insbesondere gegen »mystischen« Sozialismus. Weil er der Veränderung zum Sozialismus hin schadet? Setzt man auch voraus, Sozialismus – und nicht etwa Sozialdemokratismus – sei die unerläßliche Bedingung dafür, daß die Menschen sich die Zukunft bewahren, so drängt sich inzwischen doch kraß die Erkenntnis auf, daß eine revolutionäre Situation nicht gegeben war und nicht gegeben ist, die ihn hätte etablieren können. Die Fakten sind andere. Es gibt Gründe in Masse, mit Grass die Aufhebung der Fakten für ausgeschlossen zu halten. Vielleicht aber lassen sie sich tatsächlich, wie er für möglich hält, in harter und langdauernder Kleinarbeit innerhalb des gegebenen Spielraums in einen erträglicheren, weniger hoffnungslosen Zustand transformieren. Grass empfiehlt dazu den Weg über Selbstbestimmung, Grundgesetz und die SPD.

Die Gedichte des Zyklus »Zorn Ärger Wut«, das Gedicht gegen Peter Weiss, das direkt die Kulturrevolutionäre attackierende Gedicht »Neue Mystik« lesen sich inzwischen anders als kurz nach ihrem ersten Erscheinen. Noch immer irritieren einige wütende Ausfälle, doch es fällt nicht mehr schwer, anzunehmen, daß sie aus der Furcht vor politischen Rückfällen kommen, die durch sie ausgelöst werden könnten, jetzt, da diese sich in der ganzen westlichen Welt abzeichnen. Noch immer erscheint das parteipolitische Engagement des Autors fragwürdig, denn der Schriftsteller und die Literatur stehen in einem anderen Verhältnis zur Praxis, als Parteipolitik sie ventiliert, ihre gesellschaftliche Funktion ist grundsätzlicher und radikaler bestimmt als durch Parteiinteressen, sie geben sich auf, wenn sie sich diesen unterwerfen. Zugleich aber drängt jene Qualität der Gedichte in den Vordergrund, die ihre unbezweifelbare Bedeutung innerhalb der literarischen Prozesse der letzten anderthalb Jahrzehnte ausmacht: sie sind Produkte einer Einübung ins Reale, in die Wahrnehmung und das Aussprechen individueller und gesellschaftlicher Wirklichkeit, die für Literatur

deutscher Sprache bis heute die Ausnahme ist. Diese Einübung geschieht auf unverwechselbare und zugleich exem-
plarische Weise.

Noch immer hat Literatur Folgen für die menschliche Er-
scheinungsweise des Bewußtseins, die Sprache und das Sprechen, für die Wahrnehmung und die Projektion des Wirklichen, die sprachlich bedingt sind. Bisher haben die Wissenschaften diesen Zustand nur potentiell verändert, und das
wird auf noch längst nicht absehbare Zeit so bleiben. Hier
machen die Gedichte von Grass etwas klar, das vorher nie
wichtig genug genommen worden ist. Unmißverständlich,
bemüht um Deutlichkeit, mißtrauisch gegenüber sich selbst
und den anderen nennen sie das menschlich, sozial und politisch Faktische, das Alltägliche, Vergängliche, Normale, das,
worauf es ankommt, und nicht das Höhere, die Ideale, was
hätte gewesen sein sollen und was sein sollte. Sie dringen
darauf, sich nichts vorzumachen. Etwa in »Politische Landschaft«:

>   »Uns Geschädigten, denen das Wissen
>   Mühe macht beim Verlernen,
>   ordnet die Geografie wirre Geschichte:
>   Seitlich Adenau und bis an das Flüßchen Hunte,
>   zwischen Galen und Frings,
>   buchen die Sozis kleine Gewinne,
>   mühen sich ab beim Verlernen.
>   . . . .
>   O, ihr linken und rechten Nebenflüsse:
>   die Barzel fließt in die Wehner.
>   Abwässer speisen das Sein.
>   Grauwacke, Rehwinkel, laubgesägt Tannen,
>   Karst, Abs und Kulmbacher Bier,
>   altfränkische Wolken über dem Heideggerland.«

Gegenüber dem Material, aus dem Gedichte gemacht sind,
den Wörtern, der Sprache, verhält sich Grass naiv. Auch und
gerade hier dringt er aufs Konkrete, ohne Rücksicht auf

Konventionen, doch er verläßt sich dabei auf seinen Instinkt, seine Gefühle, seine Einfälle. Grundsätzlich vertraut er der Sprache und ihrer Fähigkeit, Wirkliches an den Tag zu bringen und anderen mitzuteilen, setzt man nur gehörigen Druck dahinter. Er ignoriert also die auffälligste und folgenreichste Veränderung in der neueren Literatur, die in der Zeitspanne, da die vorliegenden Gedichte von Günter Grass erschienen sind, nicht nur von einigen Außenseitern oder Vorläufern deklariert worden ist, die sich auch schon breit ausgewirkt hat. Sie besagt, daß Sprache selbst Inhalt der Literatur wird, wenn erkannt ist, daß sie Inhalt immer schon bereit hält und aufzwingt, schon selbst Inhalt ist und keineswegs ein sach- und wertneutrales Medium, das bei geschickter Benutzung an Sachverhalte ohne weiteres heranführt. Für den Gedichteschreiber Grass ist Sprache noch nicht die objektivierbare Macht, die grundsätzlich ins Überkommene bindet, deren Strukturen Menschen in Vorurteilen und Abhängigkeiten festhalten, die deshalb aufgebrochen, zerstört werden muß, soll sichtbar werden, wie es sich mit ihr verhält, und sollen offene Sprechweisen möglich werden.

Dieser Zustand spiegelt zugleich den Vernunftbegriff, dem Grass anhängt: der bleibt, bei höchst kritischer Anwendung der Vernunft und entschiedener Fortschrittlichkeit innerhalb der gegebenen Verhältnisse, grundsätzlich konservativ. Er ist individualistisch. Grass geht davon aus, daß Sachlichkeit und Selbsterkenntnis des einzelnen alles Erforderliche bewirken können, ohne daß die Verhältnisse grundsätzlich von einem bedingungslos wissenschaftlichen Denken her infragegestellt und ganz neu definiert werden müßten. Deutlicher noch als bei der Inhaltsanalyse enthüllt sich hier das trotz Ironie, Sarkasmus, rabiater Offenheit doch prinzipiell unkritische »große Ja«, dessen Auswirkungen durch noch so viele kleine nein eher bestärkt werden. Es ist eine Sache des Gefühls, einer sich aufs Leben als solches, als Ganzes berufenden Überzeugung, die nicht mehr reflektiert wird.

Solche Überlegungen erlauben den Vorwurf, was Günter Grass schreibe, entspreche nicht dem objektiven Stand des Denkens und der Literatur, weil es diesen nicht reflektiert. Er korrespondiert mit den politischen Vorwürfen, die Grass von der radikalen Linken her treffen. In beiden Fällen ist der Widerspruch keineswegs aus der Luft geholt. Aber auch für das Selbstverständnis und die Praxis des Günter Grass als literarischer Produzent gibt es Argumente, die stechen. Wie für seinen politischen Standort verweisen sie aufs quantitativ Faktische, auf das öffentliche Sprach- und Verständnisvermögen, auf Anwendung und Anwendbarkeit, auf Wahrhaftigkeit als eine Sache des Alltags, auf die Notwendigkeit, sich hier und jetzt konkret und so zurechtzufinden, wie es unter Menschen möglich ist. Das alles bedeutet keineswegs ein simples Ausweichen, ein Sichberufen auf quantitative Wirkungen, auf die große Mehrheit und ihren Zustand. Es betrifft noch immer faktisch jeden einzelnen, betrifft Widersprüche und Konflikte, denen vorerst noch niemand entkommt, die ganz unabhängig von theoretischem Reflexionsvermögen und Wissensstand da sind. Diese Widersprüche und Konflikte stehen für Grass, speziell für den Gedichteschreiber, zur Debatte. Seine Absicht ist, sie in Klartext zu fassen.

Lupenreinheit ist dabei belanglos, denn rein ist hier nichts zu haben, alles ist komplex, unübersichtlich, veränderlich, menschlich. Erstaunlich – und vermutlich für die Bedeutung der Gedichte entscheidend – ist, daß Grass für jene Verführung, die bei vergleichbarem Vernunft- und Sprachbegriff sonst wie selbstverständlich sich auswirkt, ganz und gar unanfällig ist: für die Verführung zur Verallgemeinerung. In seinen Gedichten bleibt das Konkrete tatsächlich konkret. Und sie ähneln, obwohl offensichtlich anders konzipiert, manchmal deutlich den im Zitatverfahren hergestellten Texten jener neuen Literatur, die Sprache zu ihrem Inhalt gemacht hat. Etwa in dieser Passage aus dem Gedicht »Ehe«:

»Ein Fleisch sein bei schwankenden Preisen.
Wir denken sparsam in Kleingeld.
Im Dunkeln glaubst Du mir alles.
Aufribbeln und Neustricken.
Gedehnte Vorsicht.
Dankeschönsagen.
  Nimm Dich zusammen.
  Dein Rasen vor unserem Haus.
  Jetzt bist Du wieder ironisch.
  Lach doch darüber.
  Hau doch ab, wenn Du kannst.
  Unser Haß ist witterungsbeständig.«

Inhalte nennt Grass fast immer so knapp, direkt, kontrovers,
daß sie zitiert erscheinen wie Wörter. Das folgt nicht aus
einem theoretischen Konzept, sondern ist Ergebnis naiver
Konzentration aufs Faktische. Sie nimmt jene von keiner
Tendenz zum Allgemeinen hin mehr gefährdete Selbstver-
ständlichkeit vorweg, mit der einige jüngere Autoren (Günter Herburger, Nicolas Born) Erfahrungen aufzeichnen, in
einer Art Wahrnehmungstraining. Sie ist tatsächlich eine
Einübung ins Konkrete, an deren aktueller Relevanz nicht
zu deuteln ist. Und sie verweist auf Möglichkeiten, jedoch
absehbare, damit auf Zukunft, freilich unter Voraussetzung
des Faktischen. Ein Paradies wird nicht erkennbar.

Günter Grass schreibt Gedichte, um den Nebel zu zerstreu-
en, der das Reale noch immer der Wahrnehmung entzieht.
Gedichte sind für ihn Medien unmittelbarer, komplex exi-
stentieller, dabei vorurteilsloser, gegenüber jedem Bezug
mißtrauischer Auseinandersetzung mit dem individuell und
gesellschaftlich Realen, die Klarheiten schafft, allerdings nicht
für ewig, die das Bessere will, wo das Gute irreal erscheint.
Seine Gedichte aus fast anderthalb Jahrzehnten, Belege sol-
cher Auseinandersetzung, spiegeln einen Prozeß, der bis zu
einem gewissen Grade beispielhaft ist für Bewußtseinsver-
änderungen in dieser Zeit, die Politisierung gegen Ende die-

ser Phase einbegriffen. Jedenfalls ist seine individuelle Realisation in diesen Gedichten vorzüglich geeignet, sich an ihr zu reiben. Das bezeichnet ihre Aktualität. Auch ihre Aporien sind aktuell.

Direktheit, Intensität, Unvermitteltheit, Bildkraft und Sachlichkeit kennzeichnen dieses lyrische Sprechen. Es ist, Gedicht um Gedicht, auf Erfahrung aus, die sich in den frühen Gedichten aus Vorstellung und Wunschbild sozusagen erst noch ablöst, die sich immer stärker konkretisiert und in den jüngsten Gedichten auch politisch behauptet wird. Es artikuliert sich rigoros ein Impuls, der in der deutschen Literatur verkümmert war, dank Unterdrückung und Innerlichkeit. Er fordert: »Das Ungenaue genau treffen« – das Faktische nicht verdrängen, sondern bewußt machen. Mißtrauen und Engagement rütteln Konkretes frei.

Diese Lektion muß erst noch verdaut werden, bevor sich weitersehen läßt. Das gelingt nicht von heute auf morgen. Auf etwas anderer Ebene, anfällig für Rückfälle, geht der Lauf im Kreis weiter.

Köln, Juli 1970

Die Vorzüge der Windhühner

Weil sie kaum Platz einnehmen
auf ihrer Stange aus Zugluft
und nicht nach meinen zahmen Stühlen picken.
Weil sie die harten Traumrinden nicht verschmähen,
nicht den Buchstaben nachlaufen,
die der Briefträger jeden Morgen vor meiner Tür verliert.
Weil sie stehen bleiben,
von der Brust bis zur Fahne
eine duldsame Fläche, ganz klein beschrieben,
keine Feder vergessen, kein Apostroph . . .
Weil sie die Tür offen lassen,
der Schlüssel die Allegorie bleibt,
die dann und wann kräht.
Weil ihre Eier so leicht sind
und bekömmlich, durchsichtig.
Wer sah diesen Augenblick schon,
da das Gelb genug hat, die Ohren anlegt und verstummt.
Weil diese Stille so weich ist,
das Fleisch am Kinn einer Venus
nähre ich sie. –
Oft bei Ostwind,
wenn die Zwischenwände umblättern,
ein neues Kapitel sich auftut,
lehne ich glücklich am Zaun,
ohne die Hühner zählen zu müssen, –
weil sie zahllos sind und sich ständig vermehren.

Vogelflug

Über meiner linken Braue
liegt Start und Ziel
für immer begründet.
Wenn sie beginnen,
die Fläche Blau überbrücken,
der Mittag, die lautlose Kurve sie aufnimmt.
Wenn das Gold seinen Arm beugt
und die Uhren entwertet.
Wenn sie stürzen, den Stein nachahmen,
Löcher füllen, welche das Licht übersah.
Wenn sie der jungen Frau,
die sich über den Himmel lehnt,
um die Blumen und auch das Unkraut zu begießen,
die weiße Seite aufschlitzen,
bis ihre Milch läuft.
Unter den Bögen, wenn sie das Nadelöhr finden,
die Risse vernähen und keinen Durchblick gewähren.
Wenn sie sich nähern und auf die Stirn deuten,
erkenne ich, daß es Schwalben sind. –
Bald wird es regnen.

Als sie den Faden schnitten, –
über der Braue raste das Publikum, –
verließ ich meinen Stehplatz.
Jetzt ist es schwer die Schleife nur zu erinnern,
den Arm zu heben, ihn etwas fortzuschicken,
damit er allein ist.
Ich muß wieder kommen
und ein Papier steigen lassen.
Wenn sie es dann beschreiben,
werde ich Lesen lernen.

Bohnen und Birnen

Bevor die grünen Dotter welken, –
die Hennen brüten einen frühen Herbst, –
jetzt gleich, bevor die Scherenschleifer
den Mond mit hartem Daumen prüfen,
der Sommer hängt noch an drei Fäden,
den Frost verschließt ein Medaillon,
noch eh der Schmuck, verwandt dem Regen wandert,
noch eh die Hälse nackt, vom Nebel halb begriffen,
bevor die Feuerwehr die Astern löscht
und Spinnen in die Gläser fallen,
um so der Zugluft zu entgehen,
vorher, bevor wir uns verkleiden,
in ärmliche Romane wickeln,
laßt uns noch grüne Bohnen brechen.
Mit gelben Birnen, einer Nelke,
mit Hammelfleisch laßt uns die grünen Bohnen,
mit schwarzer Nelke und mit gelben Birnen,
so wollen wir die grünen Bohnen essen,
mit Hammelfleisch mit Nelke und mit Birnen.

Warum wollt ihr mir verbieten Fleisch zu essen?
Jetzt kommt ihr mit Blumen,
bereitet mir Astern zu,
als bliebe vom Herbst nicht Nachgeschmack genug.
Laßt die Nelken im Garten.
Sind die Mandeln doch bitter,
der Gasometer,
den ihr den Kuchen nennt –
und ihr schneidet mir ab,
bis ich nach Milch verlange.
Ihr sagt: Gemüse, –
und verkauft mir Rosen im Kilo.
Gesund, sagt ihr und meint die Tulpen.
Soll ich das Gift,
zu kleinen Sträußchen gebunden,
mit etwas Salz verspeisen?
Soll ich an Maiglöckchen sterben?
Und die Lilien auf meinem Grab, –
wer wird mich vor den Vegetariern schützen?

Laßt mich vom Fleisch essen.
Laßt mich mit dem Knochen alleine,
damit er die Scham verliert und sich nackt zeigt.
Erst wenn ich vom Teller rücke
und den Ochsen laut ehre,
dann erst öffnet die Gärten,
damit ich Blumen kaufen kann –
weil ich sie gerne welken sehe.

Sitzen und Gehen

Wenn die Geräusche eintreten
sind alle Stühle besetzt.
Nun wird es nicht mehr gelingen
den Wecker zu überhören.
Nur den Tisch übersehn,
an die Sechzig-Watt-Birne glauben
ohne ein Heide zu sein.
Sitzen, sitzen, fast Buddha
mit glänzendem Nacken.

Gehen ist leichter,
jede Ecke Zuspruch.
Puppen, fast Liebe, stehen im Fenster,
mit günstigem Preis.
Doch immer noch ist es verboten
die Scheiben einzuschlagen.

Auch der Wind läuft Reklame.
Regen, welche Wolle fällt leichter,
viele kleiden sich so.
Sitzen oder Gehen.
Jedesmal beim Aufstehen,
ehe die Hand mit dem Hut schläft,
überschlägt sich der Wecker,
tut dann als wär gar nichts geschehn.

Unten stehen die Schuhe.
Sie fürchten sich vor einem Käfer
auf dem Hinweg,
vor einem Pfennig auf dem Rückweg,
vor Käfer und Pfennig, die sie treten könnten,
bis es sich einprägt.
Oben ist die Heimat der Hüte.
Behüte, hüte dich, behutsam.
Unglaubliche Federn,
wie hieß der Vogel,
wohin rollte sein Blick
als er einsah, daß er zu bunt geraten?
Die weißen Kugeln, die in den Taschen schlafen,
träumen von Motten.
Hier fehlt ein Knopf,
im Gürtel ermüdet die Schlange.
Schmerzliche Seide,
Astern und andere feuergefährliche Blumen,
der Herbst, der zum Kleid wird,
jeden Sonntag mit Fleisch und dem Salz
gefälteter Wäsche gefüllt.
Bevor der Schrank schweigt, Holz wird,
ein entfernter Verwandter der Kiefer, –
wer wird den Mantel tragen
wenn du einmal tot bist?
Seinen Arm im Ärmel bewegen,
zuvorkommend jeder Bewegung?
Wer wird den Kragen hochschlagen,
vor den Bildern stehen bleiben
und alleine sein unter der windigen Glocke?

Hochwasser

Wir warten den Regen ab,
obgleich wir uns daran gewöhnt haben
hinter der Gardine zu stehen, unsichtbar zu sein.
Löffel ist Sieb geworden, niemand wagt mehr
die Hand auszustrecken.
Es schwimmt jetzt Vieles in den Straßen,
das man während der trockenen Zeit sorgfältig verbarg.
Wie peinlich des Nachbarn verbrauchte Betten zu sehen.
Oft stehen wir vor dem Pegel
und vergleichen unsere Besorgnis wie Uhren.
Manches läßt sich regulieren.
Doch wenn die Behälter überlaufen, das ererbte Maß voll ist,
werden wir beten müssen.
Der Keller steht unter Wasser,
wir haben die Kisten hochgetragen
und prüfen den Inhalt mit der Liste.
Noch ist nichts verloren gegangen. –
Weil das Wasser jetzt sicher bald fällt,
haben wir begonnen Sonnenschirmchen zu nähen.
Es wird sehr schwer sein wieder über den Platz zu gehen,
deutlich, mit bleischwerem Schatten.
Wir werden den Vorhang am Anfang vermissen
und oft in den Keller steigen,
um den Strich zu betrachten,
den das Wasser uns hinterließ.

Die Mückenplage

In unserem Bezirk wird es von Jahr zu Jahr schlimmer.
Oft laden wir Besuch um den Schwarm etwas zu teilen.
Doch die Leute gehen bald wieder, –
nachdem sie den Käse gelobt haben.

Es ist nicht der Stich.
Nein, das Gefühl, daß etwas geschieht,
das älter ist als die Hand –
und im Besitz jeder Zukunft.

Wenn die Betten still sind
und der schwarze Stein an unzähligen, tönenden Fäden hängt,
Fäden reißen und wieder neu,
etwas heller beginnen,

wenn ich eine Pfeife anbrenne
und nach dem See hin sitze,
auf dem ein dichtes Geräusch schwimmt,
bin ich hilflos.

Wir wollen jetzt nicht mehr schlafen.
Meine Söhne sind hellwach,
die Töchter drängen vor dem Spiegel,
meine Frau hat Kerzen gestellt.

Nun glauben wir an Flammen,
die zwanzig Pfennige kosten,
denen die Mücken sich nähern,
einer kurzen Verheißung.

Pepita

Am Hafen liegen Kohlen,
die sind schwarz, nur schwarz.
Pepita, zieh dein weißes Kleid an.

Dein Fleisch ist neu.
Rufe die Fliegen nicht
und die Finger,
die nach den Zeitungen tasten.
Sinnlos ist deine Zunge.
Pepita, Pepita, was heißt Pepita.
Am Hafen liegen Kohlen,
am Himmel verlöschen die Fische
und ihre Gräten, Gitarren, Pepita.
Oder der Tod, ein Tourist
setzt sich und nimmt die Sonnenbrille ab.
Pepita, ruft er, komm her,
bringe die Zeitung,
wir wollen Kreuzworträtsel lösen, – Pepita.

Am Hafen liegt Salz,
weiß und verblendet.
Pepita, zieh dein schwarzes Kleid an.

Befürchtung

Als wir über den großen Regenbogen
nach Hause wollten,
waren wir sehr müde.

Wir hielten uns an seinem Geländer
und fürchteten,
daß er verblassen könnte.

Als ich über den großen Regenbogen
nach Hause wollte,
war ich sehr müde.

Ich hielt mich an dir und an seinem Geländer
und fürchtete,
daß ihr beide, du und der Regenbogen
blaß werden könntet.

Die Schule der Tenöre

Nimm den Lappen, wische den Mond fort,
schreibe die Sonne, die andere Münze
über den Himmel, die Schultafel.
Setze dich dann.
Dein Zeugnis wird gut sein,
du wirst versetzt werden,
eine neue, hellere Mütze tragen.
Denn die Kreide hat recht
und der Tenor der sie singt.
Er wird den Samt entblättern,
Efeu, Meterware der Nacht,
Moos, ihren Unterton,
jede Amsel wird er vertreiben.

Den Bassisten, mauert ihn ein
in seinem Gewölbe.
Wer glaubt noch an Fässer
in denen der Wein fällt?
Ob Vogel oder Schrapnell,
oder nur Summen bis es knackt,
weil der Äther überfüllt ist
mit Wochenend und Sommerfrische.
Scheren, die in den Schneiderstuben
das Lied von Frühling und Konfektion zwitschern, –
hieran kein Beispiel.

Die Brust heraus, bis der Wind seinen Umweg macht.
Immer wieder Trompeten,
spitzgedrehte Tüten voller silberner Zwiebeln.
Dann die Geduld.
Warten, bis der Dame die Augen davonlaufen,
zwei unzufriedene Dienstmädchen.

Jetzt erst den Ton den die Gläser fürchten
und der Staub
der die Gesimse verfolgt bis sie hinken.

Fischgräten, wer singt diese Zwischenräume,
den Mittag, mit Schilf gespießt?
Wie schön sang Else Fenske, als sie,
während der Sommerferien,
in großer Höhe daneben trat,
in einen stillen Gletscherspalt stürzte,
uns nur ihr Schirmchen
und das hohe C zurückließ.

Das hohe C, die vielen Nebenflüsse des Mississippi,
der herrliche Atem,
der die Kuppeln erfand und den Beifall.
Vorhang, Vorhang, Vorhang.
Schnell, bevor der Leuchter nicht mehr klirren will,
bevor die Galerien knicken
und die Seide billig wird.
Vorhang, bevor du den Beifall begreifst.

Drehorgel kurz vor Ostern

Eines Tages,
die letzten Schreckschüsse hatten sich losgelassen,
flüchteten aus den Gärten.
Nun drehen sich die Kinder geduldig in ihrem ernsten Kleid
und bewohnen den Nachmittag.
Drehorgeln,
immer zu früh grünende Herzen,
frieren hinter den Zäunen.
Ein Strumpf, der wieder zum Knäuel wird,
zurückläuft, eine Melodie mit viel zu großen Schuhen,
Spuren tritt sie den weißen Resten im Hof.
Was vom Himmel fällt
oder aus dem Küchenfenster,
jeden dankbaren Pfennig zählen die Fliesen
oder eine Mütze, ein Grab
und in drei Tagen Auferstehung.

Eines Tages,
als der Verkäufer sich kalt waschen wollte,
fand er das Wasser lau.
Die Brüste auf dem Foto neben dem Spiegel
tauten, flossen ihm über die Finger.
Noch lange danach, als er schon seine Seide verkaufte,
übte er zärtliche Hände.

Musik im Freien

Als die Pause überwunden schien,
kam Aurele mit dem Knochen.
Seht meine Flöte und mein weißes Hemd,
seht die Giraffe die über den Zaun späht,
das ist mein Blut, welches zuhört.
Nun will ich alle Drosseln besiegen.

Als der gelbe Hund über die Wiese lief,
verendete das Konzert.
Später fand man den Knochen nicht mehr.
Die Noten lagen unter den Stühlen,
der Kapellmeister nahm sein Luftgewehr
und erschoß alle Amseln.

Sophie

Papieraugen und kleine Silberwinkel
auf Trompeten durch die Allee reiten,
alle Schubladen auf
und aus der letzten
die vielen behaarten Dreiecke nehmen
und eines vermissen, das weiß ist.
Sophie, böse Sophie.

Nun streift der Herbst seine Handschuhe ab,
nun scheucht er deine Blicke,
ruckartig lebende Hühner,
über den Spiegel zum Stall,
nun alle Schubladen auf,
Dreiecke, Schenkel, Knoten,
neunundneunzig gebündelte Kehlen, –
Sophie, böse Sophie.

Messer, Gabel, Scher' und Licht

Da, jetzt hat sie die Gabel verschluckt,
brennt nun, zweimal fünf Finger.
Wo eben noch Zöpfe, –
oft reichen zwei einen Kopf zu ermüden, –
weckt eine Schere,
als gäbe es kein Papier und Wolle, hinhaltend freundlich,
Schlangen weckt sie, die einmal ledig
nur noch die Glätte meinen und ihrem Biß zugleiten.

Alles ist nun behaart,
jede Tapete erobert,
kaum noch ein Blick, der gelingt.
Frauenhaar würgt erst alle Puppen,
das Stofftier dann,
das immer etwas nach Malzbonbon roch. –
Da, jetzt hat sie die Gabel verschluckt,
brennt nun, zweimal fünf Finger,
beginnt mit der Schere, greift dann
ruhig, fast friedlich zum Messer.

Abschneiden sagt die Hebamme, genug. –
Doch selbst das Geschlecht, weil böse, zufällig,
nun endlich verschnitten, zuckt noch, will Vater werden.
Ein Hahn ohne Kopf, der noch die Hennen tritt,
krähen will und er kräht auch.

O wie soll das weitergehen?
Jeder Konzern wird entflochten.

Doch wer wird die Schenkel entflechten,
den Knoten im Bett,
in dem die Kinder wimmeln?

Später laufen sie dann
mit einem Streichholz, das schreit
in eine Scheune,
zu unserem hilflos trockenen Vorrat,
geben ein Fest ohne Bier.

Noch später dann, wenn sie schon selten die Betten nässen,
die Schule sie täglich neu zählt,
fragen die Eltern, immer noch Flechtwerk im Bett:
Wer wird die Kinder vor dem Lehrer schützen,
vor seiner feuchten, wuchernden Hand,
wenn sie den Mädchen ins Kleid fällt?

Kinder noch nicht, oder schon, oder fast, wenn nicht zuvor,
– viele werden gezeugt, ein Teil geboren,
können nicht mehr zurück, es sei denn
sie finden das Streichholz oder ein einsilbig Messer. –
Anna, Anna, Anna, eben trankst du noch Milch,
jetzt fließt du rot und davon.

3

Wenn sie mit der Schere spielt,
wer kann das ansehen,
wenn sie mit dem Messer in alle Polster
und nach der Zeitung sticht, –
als wäre etwas dahinter?

Wenn sie den Himmel,
damit er ausläuft, schlapp wird,
eine veraltete Brust,

mit ihrer dressierten Schwalbe aufschlitzt,
wer kann das ansehen, diesen Regen?

Gestern hat sie mein Bett,
heute den letzten, schon hinkenden Stuhl
und alle vier Wände erstochen.
Jetzt muß ich sehen,
wie ihr gefüllter Daumen sich öffnet.

4

Solch ein windiger Tag,
da ist die Luft voller Scheren,
der Himmel nur noch ein Schnittmuster. –
Mein schönes Scherchen.
War so blond, sang so hell,
hörte alles, fromm war es,
glaubte mir immer,
war aber auch schnell und schnitt alle Ecken ab.
Wenn es sprach,
ganz leise, eintönig,
und hatte doch Sinn was es sagte.
Kein Wort zuviel,
war immer eindeutig,
obgleich es zwei Schenkel hatte wie ich
und eine Art Frau war,
die oft und zum Zweck ins Spagat fiel.
Wußte wo links war und rechts,
ging aber immer geradeaus.
Ging nichts aus dem Wege.
Manchmal ging es mir durch wie ein Pferdchen.
Einmal ging es daneben, –
das tat weh und war rot.

Windiges Wetter ist gut zum Scherensuchen.
Das soll man mit offenem Licht, mit einer Gabel
für alle Fälle, mit einem Messer, bartlos, sofort,
mit Messer und Gabel soll man bei windigem Wetter
die Schere suchen, – mit offenem Licht.

Warnung

Vorsicht, der Wind schläft in Tüten.
in den Fingerhüten der Schneiderin auch.
Als sie mit Regen, mit ihrer eigenen leisen Fontäne
des Himmels Risse vernähte, halfen ihr Schwalben.

Vorsicht, der Wind schläft in Tüten.
Im Kugellager des kleinen, mildtätigen Lächelns tut er wie Öl.
Dennoch quietschen die Tanten, reiben sich Zunge und Wort,
Tenöre und Türen hört man bei Nacht.

Vorsicht, der Wind schläft in Tüten.
In einem Handschuh kocht er mit Erbsen Applaus.
Es passen ihm nicht die fünf Straßen,
auch nicht der Platz der zum Hinken verführt.

Vorsicht, der Wind schläft in Tüten.
In seiner Tüte erwachte der Wind.
An einer Annonce über billig zu reparierende Regenschirme
erwachte, zerriß er das Hemd seines Schlafes.

In seiner Tüte erwachte der Wind.
Aus allen Gärten trieb er die Tulpen, saubere Mägde,
über die Münzen,
über des Bahnhofs oft überfahrene Zunge,
zwischen den Löschteich und eine Fassade,
drängte sie weiter unters Geröll
seiner exakten Paraden.

Himmelfahrt

In hellgrauer Hose,
mit dem Stein in der Tasche.
Aus dem achtzehnten Stockwerk,
an der siebenten Rippe,
dem neunten November vorbei.
Vorbei an dem Milchzahn,
dem obersten Knopf, der nur Zierde,
vorbei an zwei glatt und zwei kraus,
der Strümpfe lange Erfahrung.
Durch einen Knoten,
durchs Reich der Mitte,
der Tee ein vergebliches Bett.

Ohne den Stein.
Aus leerem Ärmel,
aus lauem Brunnen hinauf.
Durch das Nest eines Kuckucks,
die Hand der Kastanie füllt sich entsetzt.
Über den Scheitel von Schall und Vernunft,
durch blaue, schildlose Wüste,
durch Schränke, durch andere Knoten,
an zehn vererbten Geboten,
das Schaltjahr der mageren Jahre,
vorbei an dem satten Gehörn
himmlich beschachspielter Kühe
und an der Zeit auf drei Spulen
und an dem Licht auf zwei Ämtern,
strickende, strumpftolle Sonnen.
Mitten durch Glatt und durch Kraus,
durch ein vermauertes Fenster,
nackt, in der letzten Livree.

Es ist so schwer den Platz zu überqueren.
Des Vogels Blick,
die Kälte ohne Wimper
und Neugierde an Zäunen lang,
dahinter Rauch und zwischen nassen Hüten
das trockne Foto einer Frau.
Wär es im Keller schon gelungen,
im Keller zwischen Pferd und Zaudern,
die Treppe hätte nicht gelacht
und dreimal ihren Hals gebogen.
Es öffnete der General.
Er nannte pausenlos die Summe,
die Zahl brach ab,
des Vogels Blick, als niemand in den Spiegel sah,
gewann im Blei die Müdigkeit vorm Schlaf.
Verwirrt vergaßen beide Mörder
den Atem aus der Uhr zu nehmen,
das Fenster wie ein Hemd zu öffnen,
die Zahl zu heben,
die im Spiegel brach.

Die Krönung

Blaue Flammen in den Zweigen.
Atmen noch im Gasometer
bittre Kiemen ohne Fisch.
Immer älter wird die Kröte,
lebt von Nelken, lebt von Düften
aus des Todes linkem Ohr.
Niemand folgte, kaum der Mörtel.
Ohne Segel und Gebärde,
in der grünen Truhe Pfingsten
trugen sie die Taube fort.
Glatt und aufgerollt die Kabel,
zwölf Lakaien und Beamte
führt die Schnur aus jedem Nabel
nur zur Wochenendpotenz.

Freitags krönten sie den König.
Von Geburt her blinde Nelken,
mit dem Atem einer Kröte,
mit dem blauen Gasometer,
Mitternacht und Mandelscheitel,
Vorstadt um Jerusalem.

Rundgang

Der Schritt nimmt ab, Erlaubnis allem Grünen,
die Runde bleibt an Ecken stehn.
Sag Grotte, Laube auch Vitrine,
blick durch den Kamm,
gepflegt glänzt jeder Scheitel.
Auch Bücher, richtig aufgeschlagen,
wie Zwillinge in einem Bett
gleich atemlos ans Ziel gelangen,
fällt auf den Dächern Regen ins Spagat.

So finden alle Kugeln in den Keller,
sie werden täglich neu gezählt.
Vom Giebel über Flur und Treppe
die Wollust kleine Häufchen fegt
und dazu singt, nach Art der Mägde
und ihrer Schenkel Dreiklang schlägt.

Den Muskel auf die Schienen schieben,
zum Bahnhof rollen und mit Sand beladen.
Den bunten Keil in kleine Vasen stoßen,
die Hüte fort, Erlaubnis allem Grünen,
den Handschuh bis zur Uhr gefüllt.
Dann hält der Riegel nicht der die Tapete sichert
vor Dschungel, Tee und Tabakstauden,
vor Ernten die in jedem Griff.

Nun könnt es sein, daß einer dieser Flecken
gewinnt, ein Glas erfindet, füllt und überläuft.
Nun keine Küste, keine Lippe,
kein Knie, kein Ärmel, der das Blut verbirgt.
Kein Satz, der leugnet bis zum Knick,
daß einer dieser neuen Flecken
Pigmente hat und beinah ein Geschlecht.

Der Pförtner blättert lustlos in den Türen,
die Mieter kommen halbgezähmt nach Haus.
Sie legen sich ins Buch zur letzten Seite,
sie dulden keine Folge, keine Bilder,
nur noch die Uhren. Angestoßen
das Rad, bis die Planeten kreisen, –
auch Polizisten, Briefträger und Förster
in abgestecktem, windstillem Revier.

Die Klingel

Versuche mit Tinte,
Niederschriften im Rauch,
halb erwacht
im Dickicht süßer Gardinen.
Die Straße, den Notverband wieder aufgerollt
weil die Wunde juckt,
weil die Erinnerung sich stückeln läßt und längen,
so eine Katze unterm Streicheln.

Wer bewegte die Klingel,
belud die Luft mit Erfolg.
War es das Glück,
mit neuen, dünneren Strümpfen
oder der Mann
mit dem Krankenschein unter der Haut.
Niemand erschrak. Nicht das Wasser zum Spülen,
kleinen Frauen im Zimmer kräuselte sauer der Rock.

Wer kann eine Klingel wieder verkaufen,
zurücktreten, mit dem Hut in der Hand,
die Kreide der Herkunft vom Zaun lecken.
Die nackte Gestalt wird zwischen den Spiegeln
keinen Vorsprung gewinnen.
Keine Bewegung kommt hier zu kurz.
Gleichzeitig wird es hüsteln,
das Weiße im Auge vergilben,
der falsche Bart,
ein letztes Geständnis,
von der Oberlippe wird sich der Rauch lösen
und keinen Vogel begeistern.

Polnische Fahne

Viel Kirschen die aus diesem Blut
im Aufbegehren deutlich werden,
das Bett zum roten Inlett überreden.

Der erste Frost zählt Rüben, blinde Teiche,
Kartoffelfeuer überm Horizont,
auch Männer halb im Rauch verwickelt.

Die Tage schrumpfen, Äpfel auf dem Schrank,
die Freiheit fror, jetzt brennt sie in den Öfen,
kocht Kindern Brei und malt die Knöchel rot.

Im Schnee der Kopftücher beim Fest,
Pilsudskis Herz, des Pferdes fünfter Huf,
schlug an die Scheune bis der Starost kam.

Die Fahne blutet musterlos,
so kam der Winter, wird der Schritt
hinter den Wölfen Warschau finden.

Der Bär

Fäden nur, es regnet Zwinger.
Bein um Bein, im Ohr der Vorhang,
Schritte am Applaus entlang.
Auf Sandalen ohne Spuren,
gleicher Abstand, Kopf und Nicken,
Strich, nie Punkte aus der Drüse.
Spinnen die den Satz verachten,
Regen auch, der seinen Euter
noch bedrängt, wenn schon die Mägde
springen und die Nebel raffen.
Beider Himmel blasse Molke,
wäre Teer die fette Insel,
Fäden nur, es regnet Zwinger,
durchgestrichen Leib und Grotte.
Wär ein Punkt, nur eine Stufe,
könnte sich der Bär besinnen,
war's im Wappen oder Honig,
dreimal süß um die Kokarde.
Enger noch als Gelb und Augen,
vor dem Atem einer Spinne
liegt der Bär und leckt am Gummi,
auch die Speichen, auch den Abglanz
seines Rades Labrador.

Lilien aus Schlaf

Zwischen den Lilien aus Schlaf
Müht sich des Wachenden Schritt.
Wüßt er die Zahl nur
Das findige Wort
Könnt er der Wolke
Den Regen befehlen.
Trockenes Horn.
Lachenden Tieres trockenes Horn
Spießt du der Liebenden
Traurige Zettel.
O ihrer Tage schnelle Verträge.
Es ist ein Kommen und Gehen
Zwischen den Lilien aus Schlaf.

Es ist ein Lachen tief unterm Schnee.
Denn auf der Lichtung
Zwischen der Schlafenden
Wechselnder Lücke
Hastet der Sand.
O du der Erde alter Verdruß
Wenn sich der Tote bewegt.
Es war ein Tier und ein Stern
Die trauernd so sprachen.
Es war ein Schlitten überm Kristall
Schön und mit Schwermut bespannt.
Es ist ein Lachen tief unterm Schnee.

Der Venus Blut käuflich in grauen Tabletten.
Magernde Sterne
Jagen die Dichter.
O diese Rufe im Schnee
Ringe aus Gold und Geschrei

Punkt
In der Landschaft aus Horn.
Es ist ein Kind darüber erwacht
Es sah durch die Nähte der Nacht
Atemlos eilig
Die Zeit.
Der Venus Blut käuflich in grauen Tabletten.

Unfall

Hirsche schrien in der Kurve.
Jener Sonntag war ein Knoten
in der Wolle, in den Uhren.
Münzen fielen, taube Löffel,
Münzen ins Gehör der Kurve,
daß sie schrie und Chrom und Nickel
und ein Taschentuch zerknüllte.
Der Chauffeur fraß Armaturen,
starb und wickelte sich frierend
in den Kiesshawl seiner Braut.
Schwarzer Lack, des Kellners Rose,
blühte und die Pflastersteine
rieben Liebe, feines Pulver,
jener Hure im Kanister
die den Herrn für drei Liköre
ihr Benzin goß, sprach vom Flieder.
O zehn Pfennig, altes Wunder,
im Gedicht des Automaten
reimte sich Stanniol und Watte,
doch der Arzt in weißen Nelken
kam zu spät, die Ambulanzen
lösten sich gleich Salz und Zucker.

Der elfte Finger

Wo blieb mein elfter Finger,
mein elfter, besonderer Finger,
niemals hat er gelacht,
niemals den Handschuh, die Nacht
wegen der Farbe getragen.
Er hat die Ziege gemelkt.
Er hat die Ziege gemelkt,
hat die Ziege der Uhr zugetrieben,
die Ziege hat sich gebückt.
Konnte sich bücken, konnte der Uhr,
hat der Uhr die Sohlen geleckt,
bis die Uhr kicherte, kicherte,
alle Minuten verlor,
alles, auch ihre Pausen gestand.
Nun sah er im Weiten schon Gold,
der Finger sah weither schon Gold,
hat Juweliere verführt,
Bräute, kurz vor der Kirche.
Schlüssel war er, Stempel, Verschweigen, –
oft habe ich meinen elften Finger geschleckt,
obgleich er niemals schlief,
obgleich er niemals schlief.

Worauf soll ich nun deuten?
Worauf soll ich nun deuten,
heute, da beide verkürzten Hände
nur noch geschickt sind
Eisen wie Fleisch, Fleisch, einen Amboß zu tasten, –
oder sie hocken am Abend gleich belasteten Krähen
auf einem Stein im Feld,
zählen acht, neun, zehn, niemals elf.
Niemals zählen sie elf.

Lamento bei Glatteis

Sanna Sanna.
Meiner Puppe trocknes Innen,
meiner Sanna Sägespäne
hingestreut, weil draußen Glatteis,
Spiegel üben laut Natur.
Weil die Tanten, die nach Backobst,
auch Muskat, nach dem Kalender,
süß nach Futteralen riechen.
Weil die Tanten in den schwarzen,
lederweiten Blumentöpfen
welken und Gewicht verlieren.
Sanna Sanna, weil die Tanten
stürzen könnten, weil doch Glatteis,
könnten brechen überm Spiegel,
zweimal doppelt, Töpfe, Blumen.
Offen würden Futterale
und Kalender, kurz nach Lichtmeß,
der Vikar mit blauen Wangen
weihte Kerzen und den Schoß.

Späne nicht, so nehmt doch Asche.
Nur weil Tanten, meiner Sanna
ungekränktes, trocknes Innen
mit dem Schweiß der Spiegel nässen.
Sanna nein. Der Duft um Kerne
aufgetan, das Bittre deutlich,
so als wär der Kern die Summe
und Beweis, daß Obst schon Sünde.
Aufgetan, nein Sanna schließe
dein Vertrauen, dein Geschlecht.
Gäb der Winter seine Nieren,
seine graue alte Milz

und sein Salz auf beide Wege.
Könnt dann Sanna, deine, Sanna,
hingestreute Puppenseele
Lerchen in Verwahrung geben.
Sanna Sanna.

Tierschutz

Das Klavier in den Zoo.
Schnell, bringt das Zebra in die gute Stube.
Seid freundlich mit ihm,
es kommt aus Bechstein.
Noten frißt es
und unsere süßen Ohren.

Langsam ging der Fußball am Himmel auf.
Nun sah man, daß die Tribüne besetzt war.
Einsam stand der Dichter im Tor,
doch der Schiedsrichter pfiff: Abseits.

Am Mittwoch.
Jeder wußte wieviele Treppen hinauf,
den Druck auf den Knopf,
die zweite Tür links.
Sie stürmten die Kasse.
Es war aber Sonntag
und das Geld in der Kirche.

Prophetenkost

Als Heuschrecken unsere Stadt besetzten,
keine Milch mehr ins Haus kam, die Zeitung erstickte,
öffnete man die Kerker, gab die Propheten frei.
Nun zogen sie durch die Straßen, 3800 Propheten.
Ungestraft durften sie reden, sich reichlich nähren
von jenem springenden, grauen Belag,
den wir die Plage nannten.

Wer hätte es anders erwartet. –

Bald kam uns wieder die Milch, die Zeitung atmete auf,
Propheten füllten die Kerker.

Gasag

In unserer Vorstadt
sitzt eine Kröte auf dem Gasometer.
Sie atmet ein und aus
damit wir kochen können.

Streit

Vier Vögel stritten.
Als kein Blatt mehr am Baum war
kam Venus, verkleidet als Bleistift,
und hat den Herbst,
einen bald darauf fälligen Wechsel,
mit schöner Schrift unterschrieben.

Bauarbeiten

Vor einer Woche kamen die Maurer
und brachten mit, was verlangt.
Sie haben ihn eingemauert,
den Hahn, den wir vermeiden wollen. –
Durch welchen Zufall kriecht dieser Ton?
Heute, noch immer erkalten die Suppen.
Fröstelnd stehen wir abseits und sehen den Hennen zu
wenn sie den Mörtel vermindern.
Verlangen sie etwa nach Kalk?

Der Kaffeewärmer

Wir wollen ihn uns warmhalten,
noch lange um den Tisch sein
und kleine Schlucke üben.
Unter dem Kaffeewärmer sitzt der liebe Gott
und kann es nicht verhindern,
daß er langsam kalt und böse wird.

Familiär

In unserem Museum, – wir besuchen es jeden Sonntag, –
hat man eine neue Abteilung eröffnet.
Unsere abgetriebenen Kinder, blasse, ernsthafte Embryos,
sitzen dort in schlichten Gläsern
und sorgen sich um die Zukunft ihrer Eltern.

Credo

Mein Zimmer ist windstill,
fromm, eine Zigarette,
so mystisch, daß niemand wagt
eine Miete zu erheben
oder nach meiner Frau zu fragen.
Als gestern die Fliege starb
begriff ich ohne Kalender,
Oktober, ein Tanzlehrer verneigt sich,
will mir kleine, verbotene Bildchen verkaufen.
Besuch empfange ich vor der Tür,
die Post klebt an den Scheiben,
außen, der Regen liest mit.
Innen, mein Zimmer ist windstill,
kein Streit auf Tapeten,
Küsse von Uhren verschluckt,
nie stolpern, das Knie anschlagen,
weil alles nachgibt,
fromm, eine Zigarette,
senkrecht glaubt sie,
senkrecht die Spinne ein Lot,
geht jeder Untiefe nach, –
niemals werden wir stranden.

Das endlose Laken

Ein dunkles Zimmer,
grell vom Ticken.
Immer noch wollen die Hände des Tapezierers
das gelbe Muster befrieden.
Im rechten Ohr Gleisdreieck,
ein Adventslied im linken Ohr;
als könnte Emanuel Schlaf bedeuten
und die endliche Stille der Betten.

Endlos wuchert dieses Laken.
Vegetation ohne Regen und Hefe,
Angst vor dem Zahnarzt,
Angst vor dem Friseur,
er könnte seine rasierte Stimme
über den Scheitel beugen,
dort etwas sehen,
was sonst nur mein Hut sieht.

Ich bin müde.
Das Herz hüpft zwischen den Stühlen,
läßt sich nur mühsam,
mit vielen Unkosten fangen.
Der Atem schlägt mit den Türen,
blättert im alten Kalender,
bis er ein reiffrisches Hemd trägt. —
Bis das Fenster schmutzig wird,
muß ich den Zigaretten ins Auge sehen
und nach dem Aschenbecher tasten.

I

Gewalt, wer verbog die Sicherheitsnadel,
wer stieß den Kohl vor den Kopf.
Kommen einfach her,
zersingen die Gläser
und wollen noch Beifall.
Mars, böse Metzger bestimmen die Preise.

Komm, wir spielen Kain und Abel.
Jeder hat doch etwas Hartes, Einmaliges in der Tasche
das genau
an den Hinterkopf eines stotternden Bengels paßt,
der Abel heißt und bei der Infanterie dient.
Wer oben liegt hat gewonnen, –
und im Bett, wer gewinnt da?

Wer hat mehr vom Leben,
die Leiche oder die Witwe?
Brüder, Brüder, alle ihr Magenkranken,
die ihr da salzlos und von Gedichten lebt,
niemand, kein Uhrmacher will mehr die Sanftmut,
eine törichte Spieluhr reparieren.

Eine Fliege fällt ins Bier,
im Zoo werden Löwen gefüttert,
der Meineid pfeift auf drei Fingern,
Gewalt, wer verbog die Sicherheitsnadel,
komm, wir spielen Kain und Abel,
Vater unser, der du bist im Himmel.

Bomben die sich nur langsam verteilen,
Küsse die nicht versiegeln,
nur einen Laut versuchen,
Rangiergeräusche auf Güterbahnhöfen,
die jeden Schlaflosen durstig
und jeden Säufer mißmutig machen.

Ein Kinnhaken vor dem Spiegel,
Same der auf den Teppich fällt
und nur den Irrsinn der Kringel befruchtet.
Vieles geht daneben.
Der Mann versucht mit dem Schlüssel die Tür,
wundert sich wenn sie aufgeht und lacht.

Narrenmangel, wer züchtet noch Buckel.
Nijinsky, der auch Jesus Christus hieß,
sprang so langsam und deutlich
wie der Mond von Giebel zu Giebel springt.
Bomben verteilen sich langsam,
ein Kinnhaken vor dem Spiegel,
Vater unser, der du bist im Himmel.

Ihr solltet nicht mehr die Ratten impfen,
Ratten rächen sich,
knabbern an Fundamenten,
suchen die Toten heim, –
wie der Tod euch
mit Fernsehen heimgesucht hat.

Vergrabt die Türme,
bringt das Bergwerk ans Licht,

stellt in den Kaufhäusern
Weihwasser auf.
Mater dolorosa in technic color,
und nach dem Kino zur Beichte.

Friseure, sonst mit pünktlichem Scheitel,
spiegeln verwirrte, entvölkerte Kämme.
Seiltänzer, sonst geschickt,
stürzen von Augenbrauen
in einen Blick,
sehen sich selbst dabei zu.

Doch wer bespannt seine Pauke mit Jungfernhäutchen?
Trommler, sonst ohne Gehör,
verfallen immer dem selben Regen:
Ihr solltet keine Ratten mehr impfen,
ihr solltet alle Türme vergraben,
Vater unser, der du bist im Himmel.

K, der Käfer

K, der Käfer liegt auf dem Rücken.
Sieht er den Himmel, die Langeweile
organisierter Wolken?
Sieht er die Zimmerdecke, den Spiegel,
der fleckige Laken zeigt, Tücher,
auf denen der Schnee schmolz?

K, der Käfer liegt auf dem Rücken,
zählt seine Beine, vorher tat er das nie,
wie ein Pilot, dessen Fallschirm nein sagt,
nun knapp bis zehn zählt
und die Gebote meint –
oder es fällt ihm ein Witz ein.

K, der Käfer liegt auf dem Rücken,
dazu ein Pfennig, ein Blatt.
Doch den Pfennig findet die Mark
und das Blatt, beide Seiten, – der Wind lernt lesen.
Die Zigarette kommt in den Himmel,
zurück bleibt der Käfer.

K, der Käfer liegt auf dem Rücken.
Vorher rollte er sein Geheimnis,
Schuhe fürchtete er,
doch von der Dampfwalze war ihm bekannt,
daß sie oft stehen bleibt
und nach Luft ringt.

K, der Käfer liegt auf dem Rücken,
liegt in seinem Gehäuse, in einer Schüssel,
ruft zuerst sein Gefühl,
dann jede Bewegung,

jenes Geräusch vor der Stille
ruft er nach Hause, in sein Gehäuse.

K, der Käfer liegt auf dem Rücken.
Lief Nurmi soeben vorbei, wollte die Zeit überrunden? –
Frauen ergeben sich so, sind danach nur noch Anblick.
Kafka lag auf dem Rücken
und Käte Kruses beschädigte Puppen,
wenn sie den Kindern entfallen, blicken uns nach.

V, der Vogel

V, der Vogel, ein Keil
dazwischengetrieben, als gelte es einen Himmel zu spalten,
als sei der Himmel Brennholz,
der Winter nahe, Brikett zu teuer,
ein Vogel eine geflügelte Axt.

V, der Vogel, ein Keil
den Urwald Blau Schlag auf Schlag abzubauen,
als kleine Stücke im Keller zu stapeln,
ein Vorrat Himmel, der lange reicht,
sich zählen läßt und nie mehr bewölkt.

V, der Vogel, ein Keil,
der hinterläßt einen Kahlschlag,
rodet auch und zwingt die Wurzel zum Zweifel.
Erst Feuer, der andere Vogel,
forstet hier auf, erklärt den Himmel zur Schonung.

V, der Vogel, ein Keil.
Und wenn der Keil nun den Rahmen verläßt?
Was eben noch Bild schien, gemäßigt, erlaubt im Format,
wuchert nun, eine Tapete,
im kleinen Ausschnitt verkäuflich.

V, der Vogel, ein Keil
läßt einen Apfel reißen, er offenbart ein Gehirn,
fügt dem Gebirge die Schlucht ein,
hat keine Scham und Vorbeisehn,
öffnet Verstecke im Fleisch.

V, der Vogel, ein Keil
drängt sich dazwischen,

Teilhaben nennt er dieses,
wenn er auf heiser politischen Plätzen
dem Redner das Ende vom Satz trennt.

V, der Vogel, ein Keil,
kommt immer durch,
doppelt wählt ihn das W,
Winston hebt die zwei Finger
und jeder weiß, was er meint.

Die bösen Schuhe

Die Schönheit steht –
und oben im Applaus
gerinnt das Lächeln, Milch
in bloßen Schalen,
Gewittern ausgesetzt und der Zitrone,
zerdrückt mit Schwermut, fünf verbrauchten Fingern,
doch ohne Absicht, Aussicht auf Erfolg.

Ein Ausflug junger Mädchen im April,
mit Hälsen, die an Zugluft leiden.
Nun abgeschnitten diese Köpfe,
nur Säulen bleiben, die Akropolis.
Geflüchtet sind die Hüte, Kapitäle,
ein abgestanden Bier, – die Schönheit dauert
in spitzen Schuhen, relevé.

So langsam springt das Glück,
den Sonntagsjägern deutlich.
Mit weißen Händen, so zerbrochnen Blumen,
daß man die Mühe, Kolophonium riecht.
Und Schweiß aus unentdeckten Höhlen,
und Tränen, Hysterie vorm Spiegel, –
danach, in der gemütlichen Garderobe.

Nein, unerträglich ohne dich, Tabak,
ist dieser Blick in die gestellte Szene.
Denn was sich beugt und ausläuft, eine Uhr,
sich dreht und oben wimmeln Augen,
doch leergelöffelt, ohne Freundlichkeit,
den Vorglanz Nachher und die Hoffnung auf: Bis gleich.
Nur wieder Stand, die angewärmte Geste,
die erst bei dreißig Grad zum port de bras gefriert.

Wer löst denn diese Haltung ab
und bricht der Venus unerlaubte,
der Arktis nachgelaßne Beine?
Wer nimmt den krustig alten Füßen
die bösen, spitzen Schuhe ab
und sagt zur Arabesk vorm Sterben:
O sei doch barfuß, nackt und tot.

Möbel im Freien

Wer warf die Gartenbank um?
Nun liegt sie da, grün und vergeblich,
stottert mit vier bewiesenen Beinen,
sucht den Beweis in der Luft.
Aufstellen wieder. Wieder wie vorher
unter dem Sommer sitzen und Kaffee
mit einer Tante trinken und Kekse,
Hostien brechen.

Nein, dieser Sommer ist pleite.
Die Tante nährt weiße Würmer,
die Kekse krümeln und passen
in keine ererbte Monstranz.
Auch trinkst du den Kaffee
zu heiß, halb im Weggehn,
flüchtig, mit sichernden Blicken
nach links, nach rechts und nach links.

Gartenbänke, die einmal gestürzt,
stehen nun ledig, kundig des Herbstes,
zwischen den nassen Stachelbeersträuchern,
vom Regen, Aufbruch, mitten im Satz,
vom Mond, der nie stillsitzt, bevölkert.

Damals schliefen wir in einer Trompete.
Es war sehr still dort,
wir träumten von keinem Signal,
lagen, wie zum Beweis,
mit offenem Mund in der Schlucht, –
damals, ehe wir ausgestoßen.

War es ein Kind, auf dem Kopf
einen Helm aus gelesener Zeitung,
war es ein irrer Husar,
der auf Befehl aus dem Bild trat,
war es schon damals der Tod,
der so seinen Stempel behauchte?

Heute, ich weiß nicht, wer uns geweckt hat,
vermummt als Blumen in Vasen
oder in Zuckerdosen,
von jedem bedroht der Kaffee trinkt
und sein Gewissen befragt:
Ein oder zwei Stückchen oder gar drei.

Nun fliehen wir und mit uns unser Gepäck.
Alle halbleeren Tüten, jeden Trichter im Bier,
kaum verlassene Mäntel, stehengebliebene Uhren,
Gräber, die andre bezahlten
und Frauen, die sehr wenig Zeit haben,
füllen wir kurzfristig aus.

In Schubladen voller Wäsche und Liebe,
in einem Ofen, der nein sagt
und nur seinen Standpunkt erwärmt,
in einem Telefon blieben unsere Ohren zurück

und hören, nun schon versöhnlich,
dem neuen Zeichen Besetzt zu.

Damals schliefen wir in einer Trompete.
Hin und zurück träumten wir,
Alleen gleichmäßig bepflanzt.
Auf ruhigem, endlosem Rücken
lagen wir jenem Gewölbe an.

Brandmauern

Ich grüße Berlin, indem ich
dreimal meine Stirn an eine
der Brandmauern dreimal schlage.

Makellos ausgesägte,
wirft sie den Schatten dorthin,
wo früher dein Grundstück stand.

Persil und sein Blau überlebten
auf einer Mauer nach Norden;
nun schneit es, was gar nichts beweist.

Schwarz ohne Brandmauerinschrift
kommt mir die Mauer entgegen,
blickt sie mir über die Schulter.

Ein einziger Schneeball haftet.
Ein Junge warf ihn, weil etwas
tief in dem Jungen los war.

Adebar

Einst stand hier vieles auf dem Halm,
und auf Kaminen standen Störche;
dem Leib entfiel das fünfte Kind.

Lang wußt ich nicht, daß es noch Störche gibt,
daß ein Kamin, der rauchlos ist,
den Störchen Fingerzeig bedeutet.

Tot die Fabrik, doch oben halbstark Störche;
sie sind der Rauch, der weiß mit roten Beinen
auf feuchten Wiesen niederschlägt.

Einst rauchte in Treblinka sonntags
viel Fleisch, das Adebar gesegnet,
ließ, Heißluft, einen Segelflieger steigen.

Das war in Polen, wo die Jungfrau
Maria steif auf Störchen reitet,
doch – wenn der Halm fällt – nach Ägypten flieht.

Kinderlied

Wer lacht hier, hat gelacht?
Hier hat sich's ausgelacht.
Wer hier lacht, macht Verdacht,
daß er aus Gründen lacht.

Wer weint hier, hat geweint?
Hier wird nicht mehr geweint.
Wer hier weint, der auch meint,
daß er aus Gründen weint.

Wer spricht hier, spricht und schweigt?
Wer schweigt, wird angezeigt.
Wer hier spricht, hat verschwiegen,
wo seine Gründe liegen.

Wer spielt hier, spielt im Sand?
Wer spielt muß an die Wand,
hat sich beim Spiel die Hand
gründlich verspielt, verbrannt.

Wer stirbt hier, ist gestorben?
Wer stirbt, ist abgeworben.
Wer hier stirbt, unverdorben
ist ohne Grund verstorben.

Gleisdreieck

Die Putzfraun ziehen von Ost nach West.
Nein Mann, bleib hier, was willst du drüben;
komm rüber Mann, was willst du hier.

Gleisdreieck, wo mit heißer Drüse
die Spinne, die die Gleise legt,
sich Wohnung nahm und Gleise legt.

In Brücken geht sie nahtlos über
und schlägt sich selber Nieten nach,
wenn, was ins Netz geht, Nieten lockert.

Wir fahren oft und'zeigen Freunden,
hier liegt Gleisdreieck, steigen aus
und zählen mit den Fingern Gleise.

Die Weichen locken, Putzfraun ziehn,
das Schlußlicht meint mich, doch die Spinne
fängt Fliegen und läßt Putzfraun ziehn.

Wir starren gläubig in die Drüse
und lesen, was die Drüse schreibt:
Gleisdreieck, Sie verlassen sogleich

Gleisdreieck und den Westsektor.

Gesang der Brote im Backofen

Brot,
wo hört auf das Brot,
wo fängt an der Kuchen?

Und jener Bäcker,
der früher aufstehen muß als die Sonne,
machte für uns eine Hitze.

Und jener Bäcker,
der weiß ist und magenkrank,
machte uns mit seinen Fingern.

Und jener Bäcker,
dem der Mehlwurm das Haar nahm,
nahm uns auf hölzerne Schieber.

Und jener Bäcker,
der uns mit seinen Fingern gemacht hatte,
blieb draußen mit seinen Fingern.

Und jenem Bäcker,
der draußen blieb,
blieb ein Rest Sauerteig unterm Daumennagel.

Und jener Bäcker,
der nie gerne Brot aß,
meinte, er backe Brot.

Aber wir sind kein Brot,
Steine sind wir,
die durch Euch hindurchfallen.

Und jener Bäcker,
den wir ernähren,
lächelt, – weswegen?

Freitag

Grüne Heringe,
in Zeitung gewickelt,
trug ich nach Hause.

Sonnig und frostig
war das Wetter.
Hausmeister streuten Sand.

Im Treppenhaus erst
begannen Heringe
die Zeitung zu durchnässen.

So mußte ich Zeitungspapier
von Heringen kratzen,
bevor ich Heringe ausnehmen konnte.

Schuppen sprangen
und lenkten mich ab,
weil Sonnenlicht in die Küche fiel.

Während ich Heringe ausnahm,
las ich in jener Tageszeitung,
die feucht und nicht neu war.

Sieben Heringe bargen Rogen,
voller Milch waren vier;
die Zeitung jedoch war an einem Dienstag erschienen.

Schlimm sah es in der Welt aus:
Kredite wurden verweigert.
Ich aber wälzte grüne Heringe in trockenem Mehl.

Als aber Heringe in der Pfanne erschraken,
wollte auch ich düster und freudlos
über die Pfanne hinwegsprechen.

Wer aber
mag grünen Heringen
vom Untergang predigen?

Anton

Ausgestreckt liegst du
auf deinen Brettern,
die niemand gehobelt hat.

Beide gehören
dem einen Wurm nur,
der schweigt oder pocht lautlos.

Unwiderlegbar
bildet die Spinne
auf dir einen rechten Winkel.

Nicht du zählst die Hufe,
dein Ohr, welches fremdgeht,
bewegt sich und zählt die Spechte.

Du, unaufmerksam,
mager und salzig
liegst unter rauhen Zungen.

Sie aber äsen,
höllische Ziegen,
die an karge Felder gewöhnt sind.

Bieten dir Euter,
protzen mit Zitzen,
doch du nimmst die Lippen zurück.

Siehst nicht die Fliege
in deinem Auge,
die ungesehen in deinem Auge ertrinkt.

Versuchung sind Tiere,
die du dir erfunden.
Fabelhaft sind sie und kommen näher.

In Anschaun vermehrt sich
das Einhorn und weiß schon,
wer heute dem Einhorn ergeben sein wird.

Der Güterzug

Der Güterzug, der Güterzug.
Sie blasen sich die Lichter aus,
verkaufen ihrer Katz das Haus.
Sie tragen sich einander nach,
und unterwandern sich beim Schach,
sie überbrücken ihre Lücken
mit wunderschönen Eselsbrücken;
darüber lärmt der Güterzug,
ist länger als Personenzug.

Sie schlagen sich einander vor,
bedienen das Gespräch.
Mit Rücksicht, Vorsicht, Übersicht
bläst einer aus des andern Licht,
fährt mitten durch ihr Kurzgesicht;
der Güterzug, der Güterzug.

Sie nehmen sich die Arbeit ab,
sie geben sich die Ehre.
Sie haben einen Panzerschrank,
der schützt die große Leere.
Der eine nennt den andern krank,
sie stehen stolz am Bahnsteigrand
und grüßen mit erhobner Hand;
den Güterzug, den Güterzug.

Ein Autobus, ein Autobus,
besetzt mit Langeweile.
Das Auto überholt den Fluß,
der Fluß hat keine Eile.
Sie sind sich immer weit voraus,
sie blasen sich die Lichter aus,

sie sitzen vor und hinterm Bier,
die Nacht durchschreit ein wütend Tier;
der Güterzug, der Güterzug
ist länger als Personenzug.

Mein Radiergummi

Mit den Augen meines Radiergummis gesehen
ist Berlin eine schöne Stadt.

An einem Sonntag,
ganz erfüllt von Zahnschmerz und Überdruß,
sagte ich zu meinem Radiergummi:
Wir sollten verreisen, uns,
wie du es nennst, verkrümeln
und unseren Zahnschmerz verteilen.

Immer dem Aschenbecher gegenüber
haben wir uns aufgerieben:
Meine Taschen sind voller Eintrittskarten –
ich kann den Schlüssel nicht mehr finden.

Verlust

Gestern verlor ich meinen Radiergummi;
ohne ihn bin ich hilflos.
Meine Frau frägt: Was ist?
Ich antworte: Was soll sein?
Ich habe meinen Radiergummi verloren.

Gefunden

Man fand meinen Radiergummi.
In der Ruine des Lehrter Bahnhofes
half er den Abbrucharbeitern:
Klein ist er geworden
und nicht mehr zu gebrauchen.

Teamwork

Heute kaufte ich einen neuen Radiergummi,
legte ihn auf ein verbrauchtes Papier
und sah ihm zu.
Ich und mein Radiergummi, wir sind sehr fleißig,
arbeiten Hand in Hand.

Am Nachmittag

Wenn mein Radiergummi schläft,
schaffe ich mit beiden Händen.
Die Zeit will genutzt sein:
Mein Radiergummi schläft nur selten.

Ungläubig

Manche sagen, man könne die falschen Striche stehen lassen;
doch mein Radiergummi
läuft selbst den richtigen hinterdrein.
Kürzlich wollt er das Übel zuhause treffen
und hat meinem Bleistift das Mark ausgesogen,
daß er jetzt daliegt: hohl und nicht mehr anzuspitzen.

Nachts

Bald ist es nicht mehr so hell
über den Dächern und Kaminen.
Mein Radiergummi und der Mond,
beide nehmen ab.

Abschied

Heute kaufte ich mir für Geld einen neuen Radiergummi.
Noch trage ich ihn in der Tasche, trage ihn hin und her.
Noch fühlen meine Spuren sich sicher, laufen mir nach –
wie einst ein Kellner mir nachlief, dem ich zu zahlen vergaß.

Heute kaufte ich mir für Geld
einen neuen Radiergummi.
Spurlos verkrümelte ich,
mein Bier bezahlte der Kellner.

Wandlung

Plötzlich waren die Kirschen da,
obgleich ich vergessen hatte,
daß es Kirschen gibt
und verkünden ließ: Noch nie gab es Kirschen –
waren sie da, plötzlich und teuer.

Pflaumen fielen und trafen mich.
Doch wer da denkt,
ich wandelte mich,
weil etwas fiel und mich traf,
wurde noch nie von fallenden Pflaumen getroffen.

Erst als man Nüsse in meine Schuhe schüttete
und ich laufen mußte,
weil die Kinder die Kerne wollten,
schrie ich nach Kirschen, wollt ich von Pflaumen
getroffen werden – und wandelte mich ein wenig.

Klappstühle

Wie traurig sind diese Veränderungen.
Die Leute schrauben ihre Namenschilder ab,
nehmen den Topf mit dem Rotkohl,
wärmen ihn auf, anderen Ortes.

Was sind das für Möbel,
die für den Aufbruch werben?
Die Leute nehmen ihre Klappstühle
und wandern aus.

Mit Heimweh und Brechreiz beladene Schiffe
tragen patentierte Sitzgelegenheiten
und patentlose Besitzer
hin und her.

Auf beiden Seiten des großen Wassers
stehen nun Klappstühle;
wie traurig sind diese Veränderungen.

Kirschen

Wenn die Liebe auf Stelzen
über die Kieswege stochert
und in die Bäume reicht,
möchte auch ich gerne Kirschen
in Kirschen als Kirschen erkennen,

nicht mehr mit Armen zu kurz,
mit Leitern, denen es immer
an einer Sprosse mangelt,
von Fallobst leben, Kompott.

Süß und süßer, fast schwarz;
Amseln träumen so rot —
wer küßt hier wen,
wenn die Liebe
auf Stelzen in Bäume reicht.

Stapellauf

Wenn es die Möwe verlangt,
werde ich ein Schiff bauen,
werde beim Stapellauf
glücklich sein,
ein blendendes Hemd tragen,
vielleicht auch Sekt weinen
oder Schmierseife absondern,
ohne die es nicht geht.

Wer wird die Rede halten?
Wer kann vom Blatt lesen
ohne zu erblinden?
Der Präsident?
Auf welchen Namen soll ich dich taufen?
Soll ich deinen Untergang ANNA nennen
oder COLUMBUS?

Die Ballade
von der schwarzen Wolke

Im Sand,
den die Maurer gelassen hatten,
brütete eine Henne.

Von links,
von dort kam auch immer die Eisenbahn,
zog auf eine schwarze Wolke.

Makellos war die Henne
und hatte fleißig vom Kalk gegessen,
den gleichfalls die Maurer gelassen hatten.

Die Wolke aber nährte sich selber,
ging von sich aus
und blieb dennoch geballt.

Ernst und behutsam
ist das Verhältnis
zwischen der Henne und ihren Eiern.

Als die schwarze Wolke
über der makellosen Henne stand,
verhielt sie, wie Wolken verhalten.

Doch es verhielt auch die Henne,
wie Hennen verhalten,
wenn über ihnen Wolken verhalten.

Dieses Verhältnis aber
bemerkte ich,
der ich hinter dem Schuppen der Maurer stand.

Nein, fuhr kein Blitz
aus der Wolke
und reichte der Henne die Hand.

Kein Habicht nicht,
der aus der Wolke
in makellos Federn fiel.

Von links nach rechts,
wie es die Eisenbahn tat,
zog hin die Wolke, verkleinerte sich.

Und niemand wird jemals gewiß sein,
was jenen vier Eiern
unter der Henne, unter der Wolke,

im Sand der Maurer geschah.

Lamento bei Regen

Trommeln stehen im Regen,
Eimer, wer hielt das Blech
dem Regen hin, daß die Trommel
bodenlos leerläuft, der Eimer
überläuft, aussagt;
niemals verweigert der Regen,
wenns regnet, den Blechtrommelvers:
    Du solltest dich nicht so erregen,
    es regnet nicht deinetwegen.
Aale regnet es strichweis
von einem Fluß in den andern,
an beiden aalreichen Flüssen
stehen die Tafeln, verbieten
den Regen nicht, doch den Köder;
und umgekehrt wie sich Regen
umgekehrt liest, heißt der Text:
    Sie sollten sich nicht so erregen,
    es regnet nicht ihretwegen.
Niederschlag heißt hier Regen,
Farbbänder, farblos gelockt,
aus Schreibmaschinen der Nachlaß
zu früh verstorbner Poeten,
die hundert hellblonden Hymnen,
dazwischen endlos Lamento;
getippt und kopiert ist der Text:
    Wir sollten uns nicht so erregen,
    es regnet nicht unseretwegen.
Hält ihren Kopf in den Regen,
die Frau ohne Schirm steht im Regen
und schreit, weil aus bodenlos Eimern,
weil strichweis Aal ohne Köder,
weil Farbbänder farblos, schreit sie,

bis schweinsledern Polizisten
kommen, schweinsledern verkünden:
    Ihr sollt euch nicht so erregen,
    es regnet nicht euretwegen.
Nun regnet es auch im Kino,
der Regen auf Spulen läuft ab,
der Film, der die Leinwand durchnäßte
mit Liebe, trennendem Flimmern,
er reißt nicht, sondern sie küssen
sich flüsternd in Pelerinen
und flüstern auf Breitwand und flüstern:
    Geliebte, erregt dich der Regen,
    es regnet nur unseretwegen.

Inventar
oder die Ballade von der
zerbrochenen Vase

Wir wollen uns wieder vertragen,
das Bett zum Abschied zerschlagen;
du hast zwar die Vase zerbrochen,
doch ich hab zuerst dran gerochen –
so kommt unser Glück in die Wochen.

Vom Fenstersims rollen die Augen,
ein Buch zerfällt im Spagat;
von Seite zu Seite böser
verlangen die Brillengläser
Andacht und sündige Leser.

Der Schrank springt auf und erbricht
die Hüte, erwürgte Krawatten,
die Hemden, wechselnde Haut,
auch Hosen mit brauchbarem Schlitz;
ein Bein ist des anderen Witz.

Das Bild will zurück in die Heide,
die Ansichtspostkarte nach Rom,
der Koks möchte schwarz sein nicht rot;
im Ofenrohr krümmt sich der Tod,
weil ihm der Erstickungstod droht.

Wer Zähne putzt, kann nicht beichten,
wer beichtet, riecht aus dem Mund
und hält die Hand vor, spricht leise:
Das Streichholz war meine Idee,
auch nehme ich Zucker zum Tee.

Der Tisch, nun zur Ruhe gekommen,
vier Stühle treten sich tot,
die Flasche schnappt nach dem Korken,
der Korken hält dicht und hält still;
ein Korken macht was er will.

Der Montag kommt wie die Regel:
des Sonntags peinlicher Rest
in alte Zeitung gewickelt;
wir trugen das Päckchen nach Hause,
ein jeder des anderen Pause.

Jetzt wollen wir alles verkaufen,
das Haus mit Inventar,
den Schall der süßen Nachtigall
aus gelben Tapeten befreien,
dem Schrank seinen Inhalt verzeihen.

Wir haben uns wieder vertragen,
das Bett zum Abschied zerschlagen;
du hast zwar die Vase zerbrochen,
doch ich hab zuerst dran gerochen –
so kam unser Glück in die Wochen.

Im Ei

Wir leben im Ei.
Die Innenseite der Schale
haben wir mit unanständigen Zeichnungen
und den Vornamen unserer Feinde bekritzelt.
Wir werden gebrütet.

Wer uns auch brütet,
unseren Bleistift brütet er mit.
Ausgeschlüpft eines Tages,
werden wir uns sofort
ein Bildnis des Brütenden machen.

Wir nehmen an, daß wir gebrütet werden.
Wir stellen uns ein gutmütiges Geflügel vor
und schreiben Schulaufsätze
über Farbe und Rasse
der uns brütenden Henne.

Wann schlüpfen wir aus?
Unsere Propheten im Ei
streiten sich für mittelmäßige Bezahlung
über die Dauer der Brutzeit.
Sie nehmen einen Tag X an.

Aus Langeweile und echtem Bedürfnis
haben wir Brutkästen erfunden.
Wir sorgen uns sehr um unseren Nachwuchs im Ei.
Gerne würden wir jener, die über uns wacht
unser Patent empfehlen.

Wir aber haben ein Dach überm Kopf.
Senile Küken,

Embryos mit Sprachkenntnissen
reden den ganzen Tag
und besprechen noch ihre Träume.

Und wenn wir nun nicht gebrütet werden?
Wenn diese Schale niemals ein Loch bekommt?
Wenn unser Horizont nur der Horizont
unserer Kritzeleien ist und auch bleiben wird?
Wir hoffen, daß wir gebrütet werden.

Wenn wir auch nur noch vom Brüten reden,
bleibt doch zu befürchten, daß jemand,
außerhalb unserer Schale, Hunger verspürt,
uns in die Pfanne haut und mit Salz bestreut. –
Was machen wir dann, ihr Brüder im Ei?

Die Vogelscheuchen

Ich weiß nicht, ob man Erde kaufen kann,
ob es genügt, wenn man vier Pfähle,
mit etwas Rost dazwischen und Gestrüpp,
im Sand verscharrt und Garten dazu sagt.

Ich weiß nicht, was die Stare denken.
Sie flattern manchmal auf, zerstäuben,
besprenkeln meinen Nachmittag,
tun so, als könnte man sie scheuchen,
als seien Vogelscheuchen Vogelscheuchen
und Luftgewehre hinter den Gardinen
und Katzen in der Bohnensaat.

Ich weiß nicht, was die alten Jacken
und Hosentaschen von uns wissen.
Ich weiß nicht, was in Hüten brütet,
welchen Gedanken was entschlüpft
und flügge wird und läßt sich nicht verscheuchen;
von Vogelscheuchen werden wir behütet.

Sind Vogelscheuchen Säugetiere?
Es sieht so aus, als ob sie sich vermehren,
indem sie nachts die Hüte tauschen:
schon stehn in meinem Garten drei,
verneigen sich und winken höflich
und drehen sich und zwinkern mit der Sonne
und reden, reden zum Salat.

Ich weiß nicht, ob mein Gartenzaun
mich einsperren, mich aussperrn will.
Ich weiß nicht, was das Unkraut will,
weiß nicht, was jene Blattlaus will bedeuten,

weiß nicht, ob alte Jacken, alte Hosen,
wenn sie mit Löffeln in den Dosen
rostig und blechern windwärts läuten,
zur Vesper, ob zum Ave läuten,
zum Aufstand aller Vogelscheuchen läuten.

Der Dichter

Böse,
wie nur eine Sütterlinschrift böse sein kann,
verbreitet er sich auf liniertem Papier.
Alle Kinder können ihn lesen
und laufen davon
und erzählen es den Kaninchen,
und die Kaninchen sterben, sterben aus –
für wen noch Tinte, wenn es keine Kaninchen mehr gibt!

Normandie

Die Bunker am Strand
können ihren Beton nicht loswerden.
Manchmal kommt ein halbtoter General
und streichelt Schießscharten.
Oder es wohnen Touristen
für fünf verquälte Minuten –
Wind, Sand, Papier und Urin:
Immer ist Invasion.

Am Atlantikwall

Noch waffenstarrend, mit getarnten Zähnen,
Beton einstampfend, Rommelspargel,
schon unterwegs ins Land Pantoffel,
wo jeden Sonntag Salzkartoffel
und freitags Fisch, auch Spiegeleier:
wir nähern uns dem Biedermeier!

Noch schlafen wir in Drahtverhauen,
verbuddeln in Latrinen Minen
und träumen drauf von Gartenlauben,
von Kegelbrüdern, Turteltauben,
vom Kühlschrank, formschön Wasserspeier:
wir nähern uns dem Biedermeier!

Muß mancher auch ins Gras noch beißen,
muß manch ein Mutterherz noch reißen,
trägt auch der Tod noch Fallschirmseide,
knüpft er doch Rüschlein seinem Kleide,
zupft Federn sich vom Pfau und Reiher:
wir nähern uns dem Biedermeier!

Die Seeschlacht

Ein amerikanischer Flugzeugträger
und eine gotische Kathedrale
versenkten sich
mitten im Stillen Ozean
gegenseitig.
Bis zum Schluß
spielte der junge Vikar auf der Orgel. –
Nun hängen Flugzeuge und Engel in der Luft
und können nicht landen.

Pünktlich

Eine Etage tiefer
schlägt eine junge Frau
jede halbe Stunde
ihr Kind.
Deshalb
habe ich meine Uhr verkauft
und verlasse mich ganz
auf die strenge Hand
unter mir,
die gezählten Zigaretten
neben mir;
meine Zeit ist geregelt.

Aus dem Alltag der Puppe Nana

Die Uhr

Die Puppe spielt mit den Minuten,
doch niemand spielt mehr mit der Puppe, –
es sei denn, daß die Uhr drei Schritte macht
und Nana sagt: Nana Nana Nana ...

Die Frisur

Die Puppe spielt mit dem Regen,
sie flicht ihn, sie hängt ihn sich, Zöpfe, ums Ohr
und holt aus dem Kästchen den Kamm hervor
und kämmt mit dem Kamm den Regen.

Bei Vollmond

Die Puppe wacht, die Kinder schlafen,
der Mond, verwickelt in Gardinen,
die Puppe hilft und rückt an den Gardinen,
der Mond verdrückt sich und die Puppe wacht.

Schwüler Tag

Die Puppe bekam einen Zollstock geschenkt,
der war gelb, und so spielt sie Gewitter.
Sie knickte den Meter, dem Blitz glich er sehr, –
nur donnern, das fiel der Puppe sehr schwer.

Die Tollwut

Die Puppe fand einen ledigen Zahn,
den legte sie in ein Glas.
Da sprang das Glas, der Zahn wieder frei
biß einem Stuhl die Waden entzwei.

Schicksal

Die Puppe spielt mit der Spinne,
die Spinne spielt Jojo.
Die Puppe greift nach dem Faden,
das könnte uns allen schaden,
so viel hängt an dem Faden.

Frühling

Die Puppe freut sich, Zelluloid,
es tropft vom Dach auf ihren Kopf
und macht ein Loch, –
die Puppe freut sich, Zelluloid.

Herbst

Die Puppe spielt mit den Prozenten,
der Kurs, die Pappel zittert.
Die Blätter, bunte Scheine fallen ab,
die deutsche Mark verwittert.

Im Zoo

Die Puppe ging in den Zoo
und sah der Eule ins Auge.
Seitdem hat die Puppe Mäuse im Blick
und wünscht sich in Voreulenzeiten zurück.

Das lange Lied

Die Puppe singt die Tapete.
Doch weil die Tapete so viele Strophen hat,
wird die Puppe bald heiser sein. –
Wer wird die Tapete zu Ende singen?

Vorsichtige Liebe

Die Puppe saß unter dem Bett der Eltern und hörte alles.
Als sie es mit dem Schaukelpferd gleichtun wollte,
sagte sie zwischendurch immer wieder:
Paß aber auf, hörst du, paß aber auf.

Schlechte Schützen

Die Puppe wurde auf ein Brett genagelt
und mit Pfeilen beworfen.
Doch kein Pfeil traf,
weil die Puppe schielte.

Der Torso

Die Puppe hatte keine Arme mehr,
und als auch die Beine auswanderten,
überlegte sie lange, ob sie im Lande bleiben sollte. –
Sie blieb und sagte: Es geht doch nichts über Europa.

Wachstum

Die Puppe wächst und übersieht die Schränke.
Die Bälle springen, doch die Puppe lacht
von oben und die Kinder staunen unten
und hätten das von ihrer Puppe nie gedacht.

Die letzte Predigt

Die Puppe spricht, die müden Automaten
verstummen und rappeln nicht mehr Pfefferminz;
die Häuser fallen schwer aufs Knie
und werden fromm – nur weil die Puppe spricht.

Nachmittag

Die Puppe fiel in den Tee,
zerging wie der Zucker im Tee –

und die ihn tranken entpuppten sich,
bis einer des anderen Puppe glich.

In Memoriam

Die Puppe kostete zwei Mark und zehn, –
für diesen Preis schien sie uns schön.
Selbst solltet ihr schönere Puppen sehn,
so kosten sie mehr als zwei Mark und zehn.

Zauberei
mit den Bräuten Christi

Aus himmlischen Töpfen

Wer hat dieses Spielchen ausgedacht?
Die Köche springen in den Hof,
erschrecken die Nonnen
oder auf Treppen fassen sie zu,
im Keller, im Speicher,
auf Gängen atemlos,
Hände behaart,
mit Löffeln schlagen sie
und rühren auf,
was gerade sich setzte,
und schöpfen ab, was ihm galt –
dem Bräutigam.

Theater

Köche, Nonnen und Vögel,
dann Wind aus der Kulisse,
und ganz am Anfang bricht ein Glas,
daß Scherben noch genug sind, wenn am Ende
die Nonnen flüchten – Kurs Südost. –
Auch Vögel kommen meistens in den Himmel,
weil sie den Köchen und dem Wind
an Federn überlegen sind.

Vorsicht

Ergingen Nonnen sich am Strand
und hielten mit gewaschnen Händen
schwarz Regenschirme,
daß die Hitze

nicht Einfalt bräune. –
Kleine Füße traten Muscheln,
daß kein Ohr sei,
wenn Agneta, die Novize, sich verspräche,
was oft vorkommt.

Keine Taube

Es begegneten sich eine Möwe
und eine Nonne.
Und die Möwe
hackte der Nonne die Augen aus.
Die Nonne aber hob ihren Schleier,
lud wie Maria den Wind ein,
segelte blind und davon. –
Blieb der katholische Strand,
glaubte an blendende Segel,
Muschel rief Muschel ins Ohr:
Geliebte im Herrn und am Strand,
erschien ihr der heilige Geist
auch nicht in Gestalt einer Taube,
so schlug er doch weiß, daß ich glaube.

Die Nonnen

Sie sind nur für den Wind gemacht.
Sie segeln immer, ohne auch zu loten.
Was ihnen himmlisch Bräutigam,
heißt andernorts Klabautermann.
Ich sah einst Nonnen,
eine ganze Flotte.
Sie wehten fort zum Horizont.
Ein schöner Tag, ein Segeltag,
tags drauf Trafalgar, die Armada sank.
Was wußte Nelson schon von Nonnen.

Falada

Genagelt die gelockte Mähne,
windstill vergoldet, Ohren steif:
Faladas Haupt, Falada schweigt.

Blut tropft auf meines Metzgers Marmor,
gerinnt auf Fliesen, Sägemehl
saugt Blut auf aus Faladas Fleisch.

Das Fleisch sei abgehangen, kein Galopp,
kein Traben mehr, der Sattel sei vergessen,
verspricht der Metzger, doch Falada schweigt.

Blauschwarz rasiert die Wangen, zwinkert,
muß montags seine Schürze wechseln,
die hart ward von Faladas Fleisch.

Sein Messer, das die Poren schließt,
die Waage, die nur das Gewicht,
doch keinen Namen nennt – Falada schweigt.

Ich kauf mich los, an kalten Haken
hängt mehr als ich bezahlen kann;
zehn Hunde draußen, weil Faladas Fleisch . . .

Genagelt die gelockte Mähne,
windstill vergoldet, Ohren steif:
Faladas Haupt, Falada schweigt.

Pan Kiehot

Ich sag es immer, Polen sind begabt.
Sind zu begabt, wozu begabt,
begabt mit Händen, küssen mit dem Mund,
begabt auch darin: Schwermut, Kavallerie;
kam Don Quichotte, ein hochbegabter Pole,
der stand bei Kutno auf dem Hügel,
hielt hinter sich das Abendrot
und senkte die weißrotbegabte Lanze
und ritt den unbegabten Tieren,
die auf Motore angewiesen,
direkt ins Feldgrau, in die Flanke . . .

Da brach begabt, da küßten unbegabt
– ich weiß nicht, war'n es Schafe Mühlen Panzer –
die küßten Pan Kiehot die Hände,
der schämte sich, errötete begabt;
mir fällt kein Wort ein – Polen sind begabt.

Askese

Die Katze spricht.
Was spricht die Katze denn?
Du sollst mit einem spitzen Blei
die Bräute und den Schnee schattieren,
du sollst die graue Farbe lieben,
unter bewölktem Himmel sein.

Die Katze spricht.
Was spricht die Katze denn?
Du sollst dich mit dem Abendblatt,
in Sacktuch wie Kartoffeln kleiden,
und diesen Anzug immer wieder wenden
und nie in neuem Anzug sein.

Die Katze spricht.
Was spricht die Katze denn?
Du solltest die Marine streichen,
die Kirschen, Mohn und Nasenbluten,
auch jene Fahne sollst du streichen
und Asche auf Geranien streun.

Du sollst, so spricht die Katze weiter,
nur noch von Nieren, Milz und Leber,
von atemloser saurer Lunge,
vom Seich der Nieren, ungewässert,
von alter Milz und zäher Leber,
aus grauem Topf: so sollst du leben.

Und an die Wand, wo früher pausenlos
das grüne Bild das Grüne wiederkäute,
sollst du mit deinem spitzen Blei
Askese schreiben, schreib: Askese.
So spricht die Katze: Schreib Askese.

Racine läßt sein Wappen ändern

Ein heraldischer Schwan
und eine heraldische Ratte
bilden – oben der Schwan,
darunter die Ratte –
das Wappen des Herrn Racine.

Oft sinnt Racine
über dem Wappen und lächelt,
als wüßte er Antwort,
wenn Freunde nach seinem Schwan fragen
aber die Ratte meinen.

Es steht Racine
einem Teich daneben
und ist auf Verse aus,
die er kühl und gemessen
mittels Mondlicht und Wasserspiegel verfertigen kann.

Schwäne schlafen
dort wo es seicht ist,
und Racine begreift jenen Teil seines Wappens,
welcher weiß ist
und der Schönheit als Kopfkissen dient.

Es schläft aber die Ratte nicht,
ist eine Wasserratte
und nagt, wie Wasserratten es tun,
von unten mit Zähnen
den schlafenden Schwan an.

Auf schreit der Schwan,
das Wasser reißt,

Mondlicht verarmt und Racine beschließt,
nach Hause zu gehen,
sein Wappen zu ändern.

Fort streicht er die heraldische Ratte.
Die aber hört nicht auf, seinem Wappen zu fehlen.
Weiß stumm und rattenlos
wird der Schwan seinen Einsatz verschlafen –
Racine entsagt dem Theater.

Adornos Zunge

Er saß in dem geheizten Zimmer
Adorno mit der schönen Zunge
und spielte mit der schönen Zunge.

Da kamen Metzger über Treppen,
die stiegen regelmäßig Treppen,
und immer näher kamen Metzger.

Es nahm Adorno seinen runden
geputzten runden Taschenspiegel
und spiegelte die schöne Zunge.

Die Metzger aber klopften nicht.
Sie öffneten mit ihren Messern
Adornos Tür und klopften nicht.

Grad war Adorno ganz alleine,
mit seiner Zunge ganz alleine;
es lauerte auf's Wort, Papier.

Als Metzger über Treppenstufen
das Haus verließen, trugen sie
die schöne Zunge in ihr Haus.

Viel später, als Adornos Zunge
verschnitten, kam belegte Zunge,
verlangte nach der schönen Zunge, –

zu spät.

Schnepfen gehen sie schießen,
tragen in farblosen Tüten
Inhalt,
in Tüten verständlich,
und langsam fettet er durch.

Mürrisch, so heißt der Hund
und hört nicht darauf.
Warum nun die Schnepfe,
die sie getroffen in ihren Inhalt,
auch mürrisch und fettet auch durch?

Farblos mürrisch die Schnepfe.
Mürrisch der Hund, der so heißt
und hört nicht darauf. –
Mürrisch rufen sie mürrisch.
Schnepfen gingen sie schießen.

Geflügel auf dem Zentralfriedhof

Meine Hühner lachen nicht.
Kaum unterscheidet sich ihr Gerüst
vom Efeu und anderen Kletterpflanzen,
dazwischen ein Grabstein
immer denselben Namen
Silbe um Silbe flüstert,
wie Kinder ein schweres Gedicht . . .

Meine Hühner lachen nicht,
messen die Vierecke aus,
ordnen verflossene Schleifen,
stehen, Portale zwischen den Gräbern,
der Kundschaft entgegen,
der schwarzen, sich räuspernden Raupe,
die zögernd, den Hut in der Hand,
das Kästchen bringt voller kaltem
witzlosem Fleisch für die Hühner.

Seht Ihr den Hahn
auf dem Spaten in lockerer Erde?
Manchmal singt er und hackt
bronzene Späne vom Glöckchen.
Draußen hinter den Ulmen,
im Gasthaus zur Pietät,
taucht der Humor seinen Finger
in ein Glas Bier und rührt und rührt . . .

Meine Hühner lachen nicht.

Goethe
oder eine Warnung an das Nationaltheater zu Mannheim

Ich fürchte Menschen,
die nach englischem Pfeifentabak riechen.
Ihre Stichworte stechen nicht,
sondern werden gesendet,
wenn ich schon schlafe.

Wie fürchte ich mich,
wenn sie aus Frankfurt kommen,
ihren Tabak mitbringen,
meine Frau betrachten
und zärtlich von Büchern sprechen.

Furcht, Pfeifenraucher
werden mich fragen,
was Goethe wo sagte,
wie das, was er meinte,
heut und in Zukunft verstanden sein will.

Ich aber, wenn ich nun meine Furcht verlöre,
wenn ich mein großes Buch,
das da neunhundert Seiten zählt
und den großen Brand beschreibt,
vor ihren Pfeifen aufschlüge?

Furcht, fängt mein Buch an,
bestimmte Herrn Goethe,
als er mit Vorsatz und Lunte
Weimars Theater in Flammen
aufgehen ließ –

wie ja schon Nero auch Shakespeare
Brandstifter waren und Dichter.

Der Vater

Wenn es in der Heizung pocht,
schauen ihn die Kinder an,
weil es in der Heizung pocht.

Wenn die Uhr schlägt und Bauklötze
stürzen, schaun die Kinder,
weil die Uhr, den Vater an.

Wenn die Milch gerinnt und säuert,
strafen unverrückbar Blicke,
weil sein Blick die Milch gesäuert.

Wenn es scharf nach Kurzschluß riecht,
schaun im Dunkeln alle Kinder
ihn an, weil's nach Kurzschluß riecht.

Erst wenn seine Kinder schlafen,
blickt der Vater in den Spiegel,
weil er noch nicht schlafen kann.

Mit meinem Ohr habe ich heute
viermal die Feuerwehr gehört.
Ich saß am Tisch mit meinem Ohr
und sagte:
Schon wieder die Feuerwehr.

Ich hätte auch sagen können:
Der große Tütenverbrauch.
Oder:
Die Schuhe müssen zum Schuster.
Oder:
Morgen ist Samstag.
Ich sagte aber:
Schon wieder die Feuerwehr;

doch wer mich richtig verstand,
weiß,
daß ich den Tütenverbrauch,
den Weg der Schuhe zum Schuster,
den Samstag meinte,
das Wochenende.

Abgelagert

Als das Eis zurückging
– sagte der Lehrer –
blieben Felsbrocken liegen,
damit wir von Felsbrocken lernen können.

Beim Einzug in neue Wohnungen
finden wir Spuren
der letzten Mieter:
Haarnadeln und Rasierklingen.

Wenn der Zirkus fortzieht,
suchen die Kinder im gelben Gras
nach Pfennigen
und finden Pfennige.

Meine eben noch frische Hand
weilte zu lange bei dir.
Da sie zurückkommt,
bringt sie mir Staub mit.

Asche, wer immer wünschte,
in allen vier Winden zu sein,
lagerte dennoch auf Schallplatten ab,
die von abgelagerter Musik rund sind.

Was ich beschreiben werde,
es kann nur den Knopf meinen,
der bei Dünkirchen liegenblieb,
nie den Soldaten, der knopflos davonkam.

Zugefroren

Als es kälter wurde,
das Lachen hinter den Scheiben blieb,
nur noch als Päckchen und Brief
zweimal am Tage ins Haus kam,
als es kälter wurde,
rückte das Wasser zusammen.

Wer etwas versenken wollte,
der Dichter vielleicht einen Hammer,
der Mörder drei mittlere Koffer,
der Mond ein Pfund weißen Käse,
wer etwas versenken wollte,
stand vor verriegeltem Teich.

Kein Lot gab mehr Antwort,
kein Stein, der durchfiel,
grünschielende Flaschen lagen dem Eis an,
bodenlos und vergeblich rollte der Eimer,
kein Lot gab mehr Antwort,
und alle vergaßen, wie tief.

Wer Glas zerbricht,
die Jungfrau nicht schon am Sitzen erkennt,
wer hinter dem Spiegel ein Ei aufstellt
und vor dem Spiegel die Henne,
wer Glas zerbricht,
weiß immer noch nicht, was der Frost verbirgt.

Die Gardinenpredigt

Die aus den Beichtstühlen klettern:
halbverbrauchte Athleten,
draußen vor dem Portal
schnappen sie wieder nach Luft,
wollen
— als wäre das üblich —
mit einer Sonne boxen
oder den Regen verbiegen.

Doch süßer als Bier,
teurer als kleine gefüllte Frauen,
sterblicher noch als Tabak
ist es, den Urlaub,
die wenigen gottlosen Tage
bei den Gardinen,
im Garten Tüll
zu verbringen.

Langstreckenläufer
ruhen hier aus,
finden in jeder mystischen Masche
Trost und Verzeihen;
so jene Fliege von gestern,
trocken, ohne Begehren,
hält nur noch still:
ein neuer Anteil Gardine.

Dann und wann Mücken,
nahe Verwandte der Engel,
ein Wort,
das dem Radio entrinnt,
vom Wasserstand spricht und vom Wetter,

vom nahen Hurrican ROSA,
der sich uns nähert und nähert,
doch immer noch weit ist, weit weg.

Sagt nicht: Oh Gott
– das gilt hier nicht – sagt:
Heiliger billiger Vorhang,
süße welke Gardine,
du hast den Honig erfunden,
die gaumenlos Freude der Irren,
die frühen Laute Perlmutter –
nimm mich nun auf.

Wer wollte Erlösung,
rief nach dem Arzt oder nach Milch?
Nun kommen sie: Priester und Ambulanzen,
Krankenschwestern und Nonnen.
Mit Sprüchen und Karbol,
mit Orgel und Äther,
mit Brillen und Latein vermessen sie mein Jenseits,
verbrennen sie meine Gardinen.

Frost und Gebiß

Mit blauen Wangen, im kurzen Hemdchen,
der Atem ein Shawl, für wen gestrickt?
Mit bloßen Füßen über die Fliesen,
auf denen der Husten, das Einbein hüpft,
darüber die Orgel weht,
eisige Klingel, kein Amen.

Ein Credo leidet am Schüttelfrost.
Im Miserere bibbert das R.
Ein Schwein, nun auferstanden in Sülze,
zittert klappert,
weil noch zwei Zähne einander finden,
tief im Gelee.

Maschinengewehre liegen im Bett,
können nicht schlafen,
tasten mit knöchernen Salven
die Nacht und die Rollbahn zum Traum ab,
stellen ihn an die Wand,
den bleichen verurteilten Morgen.

Ein Schutzblech hat sich gelöst:
Frost und Gebiß, Deckel und Topf,
die Uhr kotzt in den Eimer,
der Eimer wird nie satt;
Zähneklappern, so heißt
das erste und letzte Gedicht.

Zwischen Marathon und Athen

Die Henne wohnt auf leisen Eiern
und brütet über Start und Ziel.
Die Sonne läuft, besetzt ist die Tribüne
im Schatten, doch die Sonne läuft.

Von Rot verfolgt, um Mittag ohne Schuhe,
durch ein Spalier Konservendosen,
aus denen Löffel Beifall kratzen –
den ersten Rost und letztes Fett.

Vorbei an einem Bündel Präsidenten
mit Gattinnen in Pergament,
drauf Glückwünsche, zart steil geschrieben:
Wir freuen uns – Wir freuen uns . . .

Worauf denn? Glaubt wer noch an Siege?
An einen Boten, der auf halbgeschmolznen Beinen
ans Ziel kommt, seinem Kanzler stottert:
Sieg, Bonn war eine Messe wert!

Die Strecke stottert Fahnenmaste,
die Fahnen stottern und der Wind;
nur eine Schnecke spricht normal
und überrundet Zatopek.

Diana
oder die Gegenstände

Wenn sie mit rechter Hand
über die rechte Schulter in ihren Köcher greift,
stellt sie das linke Bein vor.

Als sie mich traf,
traf ihr Gegenstand meine Seele,
die ihr wie ein Gegenstand ist.

Zumeist sind es ruhende Gegenstände,
an denen sich montags
mein Knie aufschlägt.

Sie aber, mit ihrem Jagdschein,
läßt sich nur laufend
und zwischen Hunden fotografieren.

Wenn sie ja sagt und trifft,
trifft sie die Gegenstände der Natur
aber auch ausgestopfte.

Immer lehnte ich ab,
von einer schattenlosen Idee
meinen schattenwerfenden Körper verletzen zu lassen.

Doch du, Diana,
mit deinem Bogen
bist mir gegenständlich und haftbar.

Nebel

Nichtschwimmer schwimmen,
und der Grimassenschneider
schneidet nun nicht mehr,
läßt ruhen sein Antlitz.

Den Raucher umgehen, ist leicht;
doch wer die Zunge kaut
und sich kaum ausdrückt,
wird seinen Hut ziehen müssen.

Auch Überraschungen:
Wo früher die Oper still stand,
wächst mit erkälteten Lichtern
das Schiff Titanic.

Der Zeitungsausrufer
gibt es nicht auf:
Wer mag im Nebel lesen,
was alles der Nebel verursacht?

In eigener Sache

Man sagt:
Er will den Hähnen die Zukunft nehmen.
Er geht den Hühnern nach,
als gehe es darum, das Ei zu verbessern.

Man sagt:
Er glaubt an Geflügel.
Der Heilige Geist grüßt ihn
in Gestalt einer Henne.

Das alles ist üble Nachrede,
und Wahrheit schreibt so:
Manchmal quält mich der Zahnschmerz,
dann geht es mir wieder besser;

besonders an Sonntagen
wird mir gewiß,
daß solch ein Hinweis
auch Freude bereiten kann.

Später erst,
wenn dieses Gebiß
nicht mehr den einen Nerv betont,
kaue ich Kummer

und sehe den Amseln zu,
– es müssen nicht Hühner
und Hähne sein –
bis daß mir schwarz wird vor Augen.

Während sich mein Auge tagsüber
an den neunundvierzig Gucklöchern,
die ich tagsüber zu bedienen habe,
heftig entzündet, entzündet sich nachts,
vor den restlichen sieben Gucklöchern, mein Herz.

Die schwarze Köchin

Schwarz war die Köchin hinter mir immer schon.
Daß sie mir nun auch entgegenkommt, schwarz.
Wort, Mantel wenden ließ, schwarz.
Mit schwarzer Währung zahlt, schwarz.
Während die Kinder, wenn singen, nicht mehr singen:
Ist die Schwarze Köchin da? Ja – Ja – Ja!

Ausverkauf

Ich habe alles verkauft.
Die Leute stiegen vier Treppen hoch,
klingelten zweimal, atemlos
und zahlten mir auf den Fußboden,
weil der Tisch schon verkauft war.

Während ich alles verkaufte,
enteigneten sie fünf oder sechs Straßen weiter
die besitzanzeigenden Fürwörter
und sägten den kleinen harmlosen Männern
den Schatten ab, den privaten.

Ich habe alles verkauft.
Bei mir ist nichts mehr zu holen.
Selbst meinen letzten winzigsten Genitiv,
den ich von früher her anhänglich aufbewahrte,
habe ich günstig verkaufen können.

Alles habe ich verkauft.
Den Stühlen machte ich Beine,
dem Schrank sprach ich das Recht ab,
die Betten stellte ich bloß –
ich legte mich wunschlos daneben.

Am Ende war alles verkauft.
Die Hemden kragen- und hoffnungslos,
die Hosen wußten zuviel,
einem rohen blutjungen Kotelett
schenkte ich meine Bratpfanne

und gleichfalls mein restliches Salz.

Kurzschluß

In jedem Zimmer, auch in der Küche, machte ich Licht.
Die Nachbarn sagten: Ein festliches Haus.
Ich aber war ganz alleine mit meiner Beleuchtung,
bis es nach durchgebrannten Sicherungen roch.

Vogelfrei bin ich, flieg aber nicht;
denn so frei bin ich:
spiele mit einem einzigen Finger,
laß ruhen den Rest,
der längst ermüdet
von zuviel Vogel und Vogelfreisein.

Leichtfertig bin ich: Blut,
was ist Blut
gegen die saftlose Hand einer Puppe?
Sonntags lecke ich sie,
wie andere
montags mein Blut lecken möchten.

Gutmütig bin ich, dulde seit Wochen
den armen Verwandten in meiner Küche,
koche ihm Linsen
und weise zurück,
was er zu bieten noch hat:
sein bißchen Erstgeburt gegen Linsen.

Verliebt, ja das bin ich,
kaufte mir Schuhe mit narbigen Sohlen,
lauf durch den Schnee:
gutmütig bin ich, leichtfertig bin ich,
vogelfrei bin ich, verliebt, ja das bin ich
in meine Spuren im Schnee.

Überfluß

Überall stehen volle Flaschen.
Ich fürchte den Herrn, der den Korken befiehlt,
der mit Korkenziehern im Sinn umhergeht,
der den Sirup auf Flaschen zog
und nichts zwischen uns und den Überfluß setzte
als Korken.

Kleine Aufforderung zum
großen Mundaufmachen – oder
der Wasserspeier spricht

Wer jene Fäulnis,
die lange hinter der Zahnpaste lebte,
freigeben, ausatmen will,
muß seinen Mund aufmachen.

Wir wollen nun den Mund aufmachen,
die schlimmen Goldzähne,
die wir den Toten brachen und pflückten,
auf Ämtern abliefern.

Um dicke Väter
– jetzt, da auch wir schon Väter und immer dicker –
absetzen und ausspeien zu können,
muß man den Mund aufmachen;

wie unsere Kinder bei Zeiten
den Mund aufmachen, die große Fäulnis,
die schlimmen Goldzähne, die dicken Väter
ausspeien werden, absetzen werden.

Drei Wochen später

Als ich von einer Reise zurückkehrte
und meine Wohnung aufschloß,
stand auf dem Tisch jener Aschenbecher,
den ich auszuleeren versäumt hatte. –
So etwas läßt sich nicht nachholen.

Der Ball

Rollt schläfrig ohne Wimpernzucken,
schläft unterm Schrank und wird geweckt,
schläft wieder ein; das macht mich müde.

Weil er so rund ist, werd ich eckig
und stoße mich und stoße ihn,
das läßt ihn rollen, bis er einschläft.

Ich aber kann nicht sitzen bleiben
und Zeuge runden Schlafes sein;
erst wenn er wach wird, schlaf ich ein.

Nur deshalb nahm ich jene Nadel,
mit der mich meine Frau bestrickt;
ich sah ihn schlafen, nahm die Nadel.

Nun weinen meine Söhne beide,
auch meine Frau ging in die Küche.
Ich saug den Ball aus, der erschlafft.

Auf weißem Papier

Möbel in einen entleerten
heisergebrüllten Raum schieben
und nicht mehr ein Stühlchen verrücken.
Hühner an einem windigen Dreieck
anbinden und Futter streuen:
Dieses Körnchen Geometrie,
daran die Eier gesunden.

Auf weißem hellwachem Papier
in die Irre gehen
oder das Plätzchen finden,
da sonntags der Angler sitzt
mit dem unvermeidlichen Köder:
Anmut, Geld, Glück bei den Frauen,
eine Verabredung pünktlich
auf weißem Papier.

Glück

Ein leerer Autobus
stürzt durch die ausgesternte Nacht.
Vielleicht singt sein Chauffeur
und ist glücklich dabei.

Köche und Löffel

Und manche sagen: Koch ist Koch.
Neu, frischgewaschen und gestärkt,
im Schneefall und vor heller Wand
bleiben die Köche unbemerkt,
und nur der Löffel in der Hand
rührt uns, läßt niemanden vergessen:
Die Köche geben uns zu essen.

Wir sollten nicht von Suppen sprechen
– der Suppenkohl kann nicht dafür –
denn Hunger heißt nur, Vorwand für ein Bier,
und Überdruß leckt jedem Löffel Flächen
und sitzt und zählt die Schritte bis zur Tür.

Die Puppen überleben sich,
der Hahn stirbt vor dem Koch
und kräht woanders, dennoch zittern
in dieser Stadt manchmal die Scheiben.
Die Puppen überleben sich,
der Hahn stirbt vor dem Koch.

Es liegt am Fleisch, der Koch lebt nur im Geist.
Die Zeit vergeht, das Rindfleisch wird nicht weich,
wird später, wird im Schlaf noch dauern,
wird zwischen deinen Zähnen kauern;
es liegt am Fleisch, der Koch lebt nur im Geist.

Sie legten beide, jeder legte sich,
sie legten sich zusammen in den Löffel,
nur weil er hohl war, Schlaf vortäuschte,
– auch hohl war Vorwand und nur Widerspruch –
der Schlaf blieb kurz und kurz vorm Überkochen

hat beide, und ein jeder lag alleine,
derselbe Löffel abgeschöpft.

Hier ist kein Tod, der nicht zum Löffel führt,
und keine Liebe, die nicht ausgehöhlt
an Löffeln leidet und im Löffel bebt,
sich dreht, worum dreht, da sich alles
mit Löffeln nur um Löffel dreht.

Bleib Löffel, geh.
Wem Löffel, Löffel führt wohin.
Wann Löffel, Löffel kam zu spät.
Wer rührt mich, rührt mich und wohin.
Über und über wen balbiert.
Bleib Löffel, geh – und sag mir nicht wohin.

So lernst du langsam Löffel unterscheiden,
kannst dich in Schubladen nicht mehr vermeiden,
du löffelst mit und läßt dich gern vertauschen,
du gibst dich blechern, gleichst dich an,
hörst deinen Nachbarn, wolltest gar nicht lauschen,
doch Löffel liegt dem Löffel an.

Blutkörperchen

Aber nackt
und nur noch in Proportionen anwesend,
tust du mir leid.
Und ich versuche dein Knie zu versetzen.
Dein hohles Kreuz läßt mich nachdenklich werden.
Ich weiß nicht, warum du so häßlich bist,
warum mein Auge nicht von dir abschweifen kann;
etwa ins Grüne oder den Fluß entlang,
der ganz aus Natur ist
und kein Schlüsselbein hat.

Ich liebe dich
soweit das möglich ist.
Ich will für deine weißen
und roten Blutkörperchen
ein Ballett ausdenken.
Wenn dann der Vorhang fällt,
werde ich deinen Puls suchen und feststellen,
ob sich der Aufwand gelohnt hat.

Annabel Lee
Hommage à E. A. Poe

Pflückte beim Kirschenpflücken,
Annabel Lee.
Wollte nach Fallobst mich bücken,
lag, vom Vieh schon berochen,
im Klee lag, von Wespen zerstochen,
mürbe Annabel Lee.
Wollte doch vormals und nie
strecken und beugen das Knie,
Kirschen nicht pflücken,
nie mehr mich bücken
nach Fallobst und Annabel Lee.

Schlug auf beim Bücheraufschlagen,
Annabel Lee.
Öffnete Hähnen den Magen,
lag zwischen Körnern und Glas,
ein Bildnis lag, das war sie,
halbverdaut Annabel Lee.
Wollte doch vormals und nie
sezieren Bücher und Vieh,
Buch nicht aufschlagen,
Magen nicht fragen
nach Bildnis und Annabel Lee.

Saturn

In diesem großen Haus
– von den Ratten,
die um den Abfluß wissen,
bis zu den Tauben,
die nichts wissen –
wohne ich und ahne vieles.

Kam spät nach Hause,
schloß mit dem Schlüssel
die Wohnung auf
und merkte beim Schlüsselsuchen,
daß ich einen Schlüssel brauche,
um bei mir einkehren zu können.

Hatte wohl Hunger,
aß noch ein Hühnchen
mit meinen Händen
und merkte beim Hühnchenessen,
daß ich ein kaltes und totes
Hühnchen aß.

Bückte mich dann,
zog beide Schuhe aus
und merkte beim Schuhausziehen,
daß wir uns bücken müssen,
wenn wir die Schuhe
ausziehen wollen.

Waagerecht lag ich,
rauchte die Zigarette
und war im Dunkeln gewiß
daß jemand die Hand aufhielt,

als ich meiner Zigarette
die Asche abklopfte.

Nachts kommt Saturn
und hält seine Hand auf.
Mit meiner Asche
putzt seine Zähne Saturn.
In seinen Rachen
werden wir steigen.

Die große Trümmerfrau spricht

Gnade Gnade.
Die große Trümmerfrau
hat einen Plan entworfen,
dem jeder Stein unterliegen wird.
Der große Ziegelbrenner will mitmachen.

Die Stadt die Stadt.
Hingestreut liegt Berlin,
lehnt sich mit Brandmauern gegen Winde,
die aus Ost Süd West, aus dem Norden kommen
und die Stadt befreien wollen.

Hier drüben hier
und drüben hängen die Herzen
an einem einzigen Bindfaden,
hüpfen und werden gehüpft, wenn Trümmerfrau
und Ziegelbrenner ihre Liebe zu Faden schlagen.

Liebe Liebe
spielten einst Trümmerfrauen,
rieben mit Schenkeln
Klinker und Ziegel
zu Splitt Mehl Staub Liebe.

Wo wo wo wo
sind die alten Galane geblieben,
wo wilhelminischer Mörtel?
Jahrgänge Jahrgänge –
doch Trümmerfrauen sind keine Weinkenner.

Flaute Flaute
schreien die Trümmerfrauen

und lassen den letzten
wundertätigen Ziegelstein
zwischen den Zähnen knirschen.

Splitt Splitt Splitt Splitt.
Nur noch wenn Zwiebeln
oder ein kleineres Leid
uns mit Tränen versorgen,
tritt Ziegelsplitt aufs Augenlid.

Sonderbar sonderbar
sehen dann Neubauten aus,
zittern ein wenig, erwarten
den klassisch zu nennenden Schlag
mit der Handkante in die Kniekehle.

Sie sie sie sie
gräbt den Sand unterm Pfeiler weg.
Sie sag ich sie
spuckt in die trächtigen
Betonmischmaschinen.

Sie sie sie sie
hat das große Gelächter erfunden.
Wenn immer die große Trümmerfrau lacht,
klemmen Fahrstühle, springen Heizkörper,
weinen die kleinen verwöhnten Baumeister.

Mir gab sie mir,
ihrem ängstlich beflissenen Ziegelersatz,
gab sie den Auftrag,
Wind zu machen, Staub zu machen
und ernsthaft für ihr Gelächter zu werben.

Ich ich ich ich
stand abseits,

hatte die Brandmauer im Auge,
und die Brandmauer
hatte mich im Auge.

Ging ging ging ging
von weit her
auf die Brandmauer los,
als wollte ich
die Brandmauer durchschreiten.

Nahm nahm nahm nahm
einen Anlauf,
der viel versprach;
jene Brandmauer aber war neunzehn Meter breit
und zweiundzwanzig Meter hoch.

Schlug schlug schlug schlug
an der Mauer
mein Wasser ab,
daß es rauschte
und hörte dem zu.

Werbung Werbung
rauschte die Brandmauer.
Niemand will mich als Werbefläche
mieten, haushoch beschriften
und werben lassen.

Ich ich ich ich
will allen Brandmauern,
die nordwärts schauen,
rießengroß Trümmerfrauen
malen oder auch einbrennen.

Trümmerfrau Trümmerfrau
sollen die Kinder singen —

hat mit dem Ziegelbrenner Ziegelbrenner
einen ganz neuen Plan gemacht.
Alle Steine wissen Bescheid.

Ziegelbrenner Ziegelbrenner
sollen die Kinder singen –
geht nachts mit der Trümmerfrau Trümmerfrau
durch die Stadt
und schätzt die Stadt ab.

Trümmerfrau Trümmerfrau
singen die Kinder –
will mit dem Ziegelbrenner Ziegelbrenner
heut eine Wette machen Wette machen –
es geht um viel Schutt.

Lamento Lamento –
die große Trümmerfrau singt ihr Lamento.
Doch alle Sender, drüben und hier,
senden von früh bis spät nur jenen alten
beschissenen Walzerkönig.

Tot sie ist tot
sagen die Baumeister,
verschweigen aber, daß eine unabwendbare Hand
Mittag für Mittag löffelweis toten Mörtel
in ihre Suppen mengt.

Amen Amen.
Hingestreut liegt Berlin.
Staub fliegt auf,
dann wieder Flaute.
Die große Trümmerfrau wird heiliggesprochen.

Der amtliche Tod

Es ist ein Loch, das uns begleitet,
ein Amboß ohne Widerspruch,
ein Papagei, der am Karfreitag schrie,
schrie Lorchen, Lorchen schrie er, Lorchen;
doch aus dem Radio über der Vitrine
vernahm man deutlich, nach der Pause:
Hier, der Südwestfunk – ja, es ist vollbracht.

Ein Kind schlug seinen Brei entzwei,
saß zwischen beiden Hälften Brei,
fraß sich dann durch, durch zweimal Brei,
doch hinterm Brei war neuer Brei,
Kind schlug entzwei, fraß durch, fand Brei,
war nur noch Mund, Darm, Kot und Mund:
Komm, lieber Tod, mach mich gesund.

Es ist ein eingetragener Verein.
Sie rauchen, trinken nicht, sie üben:
Wer kann den Aufschwung, kann die Riesenwelle,
wer faßt das heiße Eisen an:
Die Stange, kreideweiß gemildert? –
An Krebs und Kollaps stirbt der Kranke;
des Sportlers Tod heißt kurz: Die Flanke.

Einhändig fährt mit neuer Klingel
der Tod auf seinem Fahrrad Rad.
Dann steigt er ab und macht ein Foto
von zwei Cousinen, drei Kollegen,
von Leuten, die sich gar nicht mögen
macht er ein Foto, steigt aufs Rad,
weil er genug belichtet hat.

Es kochte jemand seine Suppe,
nahm Zwiebeln, Knochen, altes Brot,
vergaß das Haar nicht in der Suppe,
und schöpfte schon und rührte mit dem Löffel
die heiße, dann zu kalte Suppe;
denn zwischendurch kam ohne Klopfen
der Tod, der alle Suppen kühlt.

Aurora Varvaro, so schön und keine Stelle,
die nicht im Fleisch stand, wie das Gold im Bier. –
Auf späten Bildern beugte sie den Arm:
Die Elle und die Speiche präpariert,
die Neugierde aufs Schlüsselbein;
ihr Becken war erst wahrhaft nackt,
als sie das Fleisch auszog, den modischen Belag.

Wer bleibt noch bei den Affen stehn,
wer füttert kleine weiße Hasen,
wenn es um Robben geht, um jene Glätte,
die noch im Aufschrei um den Hering wirbt
und taucht und nichts als Tauchen findet. –
Da schreien alle Kinder froh:
Wir leben im möblierten Zoo.

So gibt's im Himmel Hinterhöfe,
dort sitzen blasse Embryos
und warten auf den neunten Monat
und spielen mit der Nabelschnur
und reißen dran, wie heiße Hunde
an einzelnen Gehöften reißen,
wenn Mond und Erde sich verbellen.

Viel Vögel, für den Tod Spione.
Die Eule schaut uns immer an.
Das macht den Vater so betroffen,
einst wollt er einen Kuchen backen,

so hoch und süß wie Babels Kuchen;
der fiel zusammen, weil ein Vogel
den Kuchen wollt zu früh versuchen.

Wer mag noch vor dem Spiegel turnen?
Die Spieler stehen auf und lassen
die Hände bei den Karten liegen.
Auf Ämtern hinterm Stempel sitzt der Tod
und atmet über Formularen:
Der Kanzler hustet,
ob er stirbt?

Stehaufmännchen

Begraben unten, und wir gingen
die Wette ein: begraben unten
kommt nicht mehr raus, ans Licht, Geflimmer,
rührt nicht mehr mit und löffelt weder;
denn auch der Löffel lag im Keller
verschmolzen mit, als aber draußen
Aurora mit der Trillerpfeife
die Finsternis zurückpfiff, stand:
Matern auf bleigegoßnen Sohlen,
mit Herz Milz Nieren, hatte Hunger
und löffelte, aß, schiß und schlief.

Der Schlag saß tief, ich fiel vom Türmchen.
Das kümmerte die Tauben nicht.
War nur noch Inschrift, flach aufs Pflaster,
und wer vorbeiging, las kursiv:
Hier liegt und liegt und liegt flach, liegt,
der fiel von oben, der da liegt;
kein Regen wäscht ihn, Hagel tippt
ihm weder weder: Briefchen, Wimpern
noch öffentliche Diskussionen;
doch kommt Aurora auf zwei Beinen
und knallt das Pflaster, drauf ich liege,
steht erst der Riemen, dann das Männchen
und spritzt und zeugt und lacht sich schief.

Erschossen war er durch und durch;
man plante grade einen Tunnel,
und durch ihn durch, der frischerschossen,
fuhr bald darauf die Eisenbahn.
Die Sonderzüge, Könige,
die mußten durch mich durch, wenn sie

die Könige in meinem Rücken
besuchen wollten und der Papst
sprach in neun Sprachen durch dies Loch.
So war er Trichter, Tunnel, Tüte,
und Zoll stand grün auf beiden Seiten;
erst als Aurora mit dem schweren
berühmten Auferstehungshammer
mich vorn und hinten stöpselte,
stand auf Matern, einst frischerschossen,
und atmete sprach lebte schrie!

Aber auch Eddi Amsel . . .

Hier Nickelswalde – dort Schwiewenhorst.
Perkunos, Pikollos Potrimpos!
Zwölf Nonnen ohne Kopf und zwölf Ritter ohne Kopf.
Gregor Materna und Simon Materna.
Der Riese Miligedo und der Räuber Bobrowski.
Kujawischer Weizen und Urtoba Weizen.
Menoniten und Deichbrüche . . .
Und die Weichsel fließt,
und die Mühle mahlt,
und die Kleinbahn fährt,
und die Butter schmilzt,
und die Milch wird dick,
bißchen Zucker drauf,
und der Löffel steht,
und die Fähre kommt,
und die Sonne weg,
und die Sonne da,
und der Seesand geht,
und die See leckt Sand . . .
Barfuß barfuß laufen die Kinder,
und finden Blaubeeren
und suchen Bernstein,
und treten auf Disteln,
und graben Mäuse aus,
und klettern barfuß in hohle Weiden . . .
Doch wer Bernstein sucht,
auf die Distel tritt,
in die Weide springt
und die Maus ausgräbt,
wird im Deich ein totes vertrocknetes Mädchen finden:
das ist des Herzog Swantopolk Töchterchen,
das immer im Sand nach Mäusen schaufelte,

mit zwei Schneidezähnen zubiß,
nie Strümpfe, nie Schuhe trug . . .
Barfuß barfuß laufen die Kinder,
und die Weiden schütteln sich,
und die Weichsel fließt immerzu,
und die Sonne mal weg mal da,
und die Fähre kommt oder geht
oder liegt fest und knirscht,
während die Milch dick wird, bis der Löffel steht, und langsam die Kleinbahn fährt, die schnell in der Kurve läutet.
Auch knarrt die Mühle, wenn der Wind acht Meter in der
Sekunde. Und der Müller hört, was der Mehlwurm spricht.
Und die Zähne knirschen, wenn Walter Matern von links
nach rechts mit den Zähnen. Desgleichen die Großmutter:
quer durch den Garten hetzt sie das arme Lorchen. Schwarz
und trächtig bricht Senta durch ein Spalier Saubohnen.
Denn sie naht schrecklich, hebt winklig den Arm: und in der
Hand am Arm steckt der hölzerne Kochlöffel, wirft seinen
Schatten auf das krause Lorchen und wird größer, immer
fetter, mehr und mehr . . . Aber auch Eddi Amsel . . .

Mein Onkel

Neun stiegen über den Gartenzaun,
mein Onkel war dabei.
Neun traten nieder den Januarschnee,
mein Onkel im Schnee dabei.
Ein schwarzer Lappen vor jedem Gesicht,
mein Onkel vermummt und dabei.
Neun Fäuste meinten ein zehntes Gesicht,
des Onkels Faust schlug entzwei.
Und als neun Fäuste müde waren,
schlug Onkels Faust noch zu Brei.
Und als alle Zähne gespien waren,
erstickte mein Onkel Geschrei.
Und Itzich Itzich Itzich hieß
des Onkels Litanei.
Neun Männer entwichen über den Zaun,
mein Onkel war dabei!

Nach großem und nach kleingemünztem Zorn, –
beliebtes Beispiel, dem man Zucker gab, –
nach soviel Damals und dem Salto
auf einem Hochseil, das periodenlang
gespannt war, – Arbeit ohne Netz, –
will, will ich, will ich ganz und gar . . .
    Wie sieht es aus? – Es sah schon schlimmer aus.
    Du hattest Glück? – Es lag am Köder.
    Und was hast du gemacht seitdem?
    In Büchern steht, wie es sich besser machte.
    Ich meine, was hast du getan?
    Ich war dagegen. Immer schon dagegen.
    Und wurdest schuldig? – Nein. Ich tat ja nichts.
    Und hast erkannt, was sich erkennen ließ?
    Ja. Ich erkannte Gummi mit der Faust.
    Und deine Hoffnung? – Log die Wüsten grün.
    Und deine Wut? – Sie klirrt als Eis im Glas.
    Die Scham? – Wir grüßen uns von fern.
    Dein großer Plan? – Zahlt sich zur Hälfte aus.
    Hast du vergessen? – Neuerdings, mein Kopf.
    Und die Natur? – Oft fahr ich dran vorbei.
    Die Menschen? – Seh ich gern im Film.
    Sie sterben wieder. – Ja. Ich las davon . . .
Wer seift mich ab? Mir ist mein Rücken
so fern wie – Nein! –
ich will nicht mehr vergleichen
und widerkäuen, Silben stechen
und warten, bis die Galle schreibt.
    Ist es jetzt besser? – Es sieht besser aus.
    Soll ich noch fragen? – Frag mich aus.

Schulpause

Hat die Uhr sich verzählt?
Hat die Pause die Angst überlebt
und das Spiel auf den stillen Aborten?

Er trägt eine Brille über dem Mund: pronunciation.
Er birgt einen Zettel knapp überm Herzen:
sein gutdekliniertes Geheimnis.

Seltsam steht er im Hof,
mitten im Herbst:
die Konferenz löst sich auf.

Buchstaben fallen und Zahlen,
kleine vernünftige Sätze
aus den Kastanien und Linden über der Hypothenuse.

Meine arme kränkliche Mutter, –
Herr Studienrat, üben sie Nachsicht, –
stirbt, wenn die Pause vorbei ist.

Fettes Papier blüht im Hof.
Langsam nur weicht der Geruch
später vor Tobruk, bei Kursk,
am Volturno gefallner Primaner.

Ohne Kehrseite,
doch rückversichert,
immer ein bißchen ich.
    Ziemlich anwesend
    in meinem Übergangsmantel.
    In sich gemustert
    und nur im Prinzip dagegen.
    Wenn man Distanz gewinnt,
    also von Kiel aus betrachtet,
    wurde zumindest der eine Faktor,
    wenn nicht auch dieser,
    zum Teil übersehen.
Es handelt sich um Schattierungen
und ähnliche Werte.
Ein bißchen zärtlich zornig verlegen.
Bißchen müde, bißchen lustig.
Ein bißchen ich, bißchen du, bißchen wenig.
Ein bißchen ja, bißchen nein.
Einerseits sehr.
    Daß niemand zu kurz kommt,
    muß nicht betont werden.
    Wenn Ihnen ein Knopf fehlt,
    mangelt es mir an Kragenstäbchen.
    Unsere Krisen vergleichen sich gerne.
    Denn der Proporz
    verhindert und fördert fast alles.
    Sogenannt etwas außerhalb.
    Dieses ist eine Feineinschätzung.
    Solche Bilanz sollte uns
    wenn nicht froh auch nicht traurig stimmen.
    Denn niemand will hier recht behalten, –
    allenfalls im Detail.

Wie geht es Ihnen? – Ganz gut.
Hat es Spaß gemacht? – Teilweise schon.
Wie war denn der Film? – Schwarzweiß.

Zwischen Greise gestellt

Wie sie mit neunzig noch lügen
  und ihren Tod vertagen,
    bis er Legende wird.

In die fleckigen Hände
  frühaufstehender Geise
    wurde die Welt gelegt.

Die vielgefältete Macht
  und der Faltenwurf alter Haut
    verachten die Glätte.

Wir, zwischen Greise gestellt,
  kauen die Nägel knapp,
    wir wachsen nicht nach.

Hart, weise und gütig
  dauern sie in Askese
    und überleben uns bald.

Ja

Neue Standpunkte fassen Beschlüsse
und bestehen auf Vorfahrt.
Regelwidrig geparkt, winzig,
vom Frost übersprungen,
nistet die Anmut.
Ihr ist es Mühsal, Beruf,
die Symmetrie zu zerlächeln:
Alles Schöne ist schief.
    Uns verbinden, tröste Dich,
    ansteckende Krankheiten.
    Ruhig atmen, – so, –
    und die Flucht einschläfern.
    Jeder Colt sagt entwederoder . . .
    Zwischen Anna und Anna
    entscheide ich mich für Anna.
Übermorgen ist schon gewesen.
Heute war wedernoch.
Was auf mich zukommt,
eingleisig,
liegt weiter zurück als Austerlitz.
Zu spät. Ich vergesse Zahlen,
bevor sie strammstehen.
    Grau ist die Messe.
    Denn zwischen Schwarz und Weiß,
    immer verängstigt,
    grämen sich Zwischentöne.
    Mein großes Ja
    bildet Sätze mit kleinem nein:
    Dieses Haus hat zwei Ausgänge;
    ich benutze den dritten.
Im Negativ einer Witwe,
in meinem Ja liegt mein nein begraben.

In Wirklichkeit
    war das Glas nur hüfthoch gefüllt.
        Vollschlank geneigt. Im Bodensatz liegt.
Silben stechen.
Neben dem Müllschlucker wohnen
und zwischen Gestank und Geruch ermitteln.
Dem Kuchen die Springform nehmen.
Bücher,
    in ihren Gestellen,
        können nicht umfallen.
Das, oft unterbrochen, sind meine Gedanken.
Wann wird die Milch komisch?
Im Krebsgang den Fortschritt messen.
Abwarten, bis das Metall ermüdet.
Die Brücke langsam,
    zum Mitschreiben,
        einstürzen lassen.
Vorher den Schrottwert errechnen.
Sätze verabschieden Sätze.
Wenn Politik
    dem Wetter
        zur Aussage wird:
Ein Hoch über Rußland.
Zuhause
    verreist sein; auf Reisen
        zuhause bleiben.
Wir wechseln das Klima nicht.
Nur Einfalt
    will etwas beleben,
        für tot erklären.
Dumm sein, immer neu anfangen wollen.
Erinnere mich bitte, sobald ich Heuschnupfen

oder der Blumenkorso in Zoppot sage.
Rückblickend aus dem Fenster schauen.
Reime auf Schnepfendreck.
Jeden Unsinn laut mitsprechen.
Urbin, ich hab's! – Urbin, ich hab's!
Das Ungenaue genau treffen.
Die Taschen
    sind voller alter Eintrittskarten.
        Wo ist der Zündschlüssel?
Den Zündschlüssel streichen.
Mitleid mit Verben.
An den Radiergummi glauben.
Im Fundbüro einen Schirm beschwören.
Mit der Teigrolle den Augenblick walzen.
Und die Zusammenhänge wieder auftrennen.
    Weil ... wegen ... als ... damit ... um ...
        Vergleiche und ähnliche Alleskleber.
Diese Geschichte muß aufhören.
Mit einem Doppelpunkt schließen:
Ich komme wieder. Ich komme wieder.
Im Vakuum heiter bleiben.
Nur Eigenes stehlen.
Das Chaos
    in verbesserter Ausführung.
        Nicht schmücken – schreiben:

Nicht mehr das Laub, den Verdacht höre ich fallen.
Sätze,
   die ohne Verb vorsprechen:
     ambulant ambulant ...
Dieses Gehör lebt vom Nächsten.
Dieser Husten kommt ohne Schlaf aus.
Dieses gepfiffene Motiv, –
   Jägerchor-Freischütz, –
     holte mich jederzeit ab.
Zu Meinerzeit Klopfzeichen.
Zeitlos und immer anders wurde »na also« gesagt.
Also Geräusche sammeln und an die Wand pinnen.
Die Kreissäge meines Großvaters
   konnte einen hellen langen Vormittag
     zu Dachlatten verschneiden.
Barackenteile für Durchgangslager.
Inge Scherwinski
   kratzte gerne
     mit Fingernägeln an Fensterscheiben.
Das erinnert mich vor dem Frühstück,
wie das Kind leise,
   weil es keinen Apfel besaß,
     mit seinen Milchzähnen
       in Palmoliveseife biß.
Jetzt lasse ich den Hund von der Kette.
Jetzt, März, tropft es vom Dach,
   bis der Polenhelm,
     den Fritz auf Kurzurlaub mitbrachte,
       seinen Einschuß hat.
Jetzt hat Goldbrunner eine Flanke von Lehner ...
Wir hörten Fußball
   und Sondermeldungen

über den Drahtfunk.
Das ist das Pausenzeichen. Das ist der Luftwecker,
wenn später Feindverbände über der südlichen Ostsee.
Macht dieses Brummen mal nach, Kinder.
Das ist die Achtacht. Das ist die Ratschbum.
Wer Luftminen nachmachen will,
   muß mit der flatternden Zunge . . .
      Geräusche aufarbeiten.
Aber die Brauereipferde auf dem Kopfsteinpflaster.
Und die betriebsame Stille zwischen Opfer und Wandlung.
Heute, seit gestern,
   mit schon zerfransten Ohren,
      höre ich gleichzeitig:
         die Walzstraße und die Hühnerfarm,
            Kies und Liebe,
               mehrstimmige Überredung
                  und die Stimme Amerikas.
Was verschweigen wir jetzt?
Stell doch den Wasserhahn ab.
Die Dielen arbeiten.
Manchmal,
   zwischen Küchengeräuschen,
      höre ich mich beim Kartoffelabgießen:
         Gleichschritt, Widersprüche
           und Schlager im Ohr.

Stiller Abend

Was ich noch sagen wollte: Nein.
Beim Verkriechen fotografiert werden.
Wie hieß doch bloß? Wie hieß doch bloß?
Scheintote kratzen sich.
Keiner will zuerst schlafen gehen.
Was ich nicht will,
    rollt, zwischen Jubel,
        auf mich zu.
Spurenverwischen.
    Zwei Amseln auf Dachziegeln:
        gelbe Schnäbel.
Doch Feuergeben erhellt nur doppeltes Zittern.
Gegenstände werden härter abgestellt als gewollt.
Nachgießen.
    Einverständnis.
        Danke.
Die Heizung verplaudert sich.
Wenn ich jetzt aufstehe,
    hin und her gehe,
        vor mich hinrede:
Vom sozialen Wohnungsbau . . .
    Vom Prämiensparen . . .
        Von Deiner Verwandtschaft . . . Nein.
Konfekt wird weniger.
Finger lassen Papier krachen.
Zwischen der Post versprechen Reiseprospekte Gewöhnung
    oder klärende Aussprache
        oder beides am Meer mit Sandstrand.
Oder den Brief portofrei schreiben: Die Hausmitteilung.
Räuspern.
    Den Bodensatz schwenken.
        Süßes wehleidig lutschen.

Telefon hilft: Wir kommen gerne.
Die schlafenden wachsenden Kinder.
Langsamer,
    von Berufssorgen gehemmter Verkehr
        mit der Zimmerdecke und ihren Haarsprüngen.
Aushalten.
    Nichts zerreden.
        Gezänk auf Flaschen ziehen, verkorken.
Zwischen dem schweigenden Paar ist viel Platz.

Ehe

Wir haben Kinder, das zählt bis zwei.
Meistens gehen wir in verschiedene Filme.
Vom Auseinanderleben sprechen die Freunde.
  Doch meine und Deine Interessen
  berühren sich immer noch
  an immer den gleichen Stellen.
  Nicht nur die Frage nach den Manschettenknöpfen.
  Auch Dienstleistungen:
  Halt mal den Spiegel.
  Glühbirnen auswechseln.
  Etwas abholen.
  Oder Gespräche, bis alles besprochen ist.
Zwei Sender, die manchmal gleichzeitig
auf Empfang gestellt sind.
Soll ich abschalten?
  Erschöpfung lügt Harmonie.
  Was sind wir uns schuldig? Das.
  Ich mag das nicht: Deine Haare im Klo.
Aber nach elf Jahren noch Spaß an der Sache.
Ein Fleisch sein bei schwankenden Preisen.
Wir denken sparsam in Kleingeld.
Im Dunkeln glaubst Du mir alles.
Aufribbeln und Neustricken.
Gedehnte Vorsicht.
Dankeschönsagen.
  Nimm Dich zusammen.
  Dein Rasen vor unserem Haus.
  Jetzt bist Du wieder ironisch.
  Lach doch darüber.
  Hau doch ab, wenn Du kannst.
  Unser Haß ist witterungsbeständig.
Doch manchmal, zerstreut, sind wir zärtlich.

Die Zeugnisse der Kinder
müssen unterschrieben werden.
   Wir setzen uns von der Steuer ab.
   Erst übermorgen ist Schluß.
   Du. Ja Du. Rauch nicht so viel.

Wenn Onkel Dagobert wieder die Trompeten vertauscht,
und wir katalytisches Jericho mit Bauklötzen spielen,
weil das Patt der Eltern
oder das Auseinanderrücken im Krisenfall
den begrenzten Krieg,
also die Schwelle vom Schlafzimmer zur Eskalation,
weil Weihnachten vor der Tür steht,
nicht überschreiten will,
    wenn Onkel Dagobert wieder was Neues,
    die Knusper – Kneißchen – Maschine
    und ähnliche Mehrzweckwaffen Peng! auf den Markt wirft,
    bis eine Stunde später Rickeracke . . . Puff . . . Plops!
    der konventionelle, im Kinderzimmer lokalisierte Krieg
    sich unorthodox hochschaukelt,
    und die Eltern,
    weil die Weihnachtseinkäufe
    nur begrenzte Entspannung erlauben,
    und Tick, Track und Trick, –
    das sind Donald Ducks Neffen, –
    wegen nichts Schild und Schwert vertauscht haben,
    ihre gegenseitige, zweite und abgestufte,
    ihre erweiterte Abschreckung aufgeben,
    nur noch minimal flüstern, Bitteschön sagen,
wenn Onkel Dagobert wieder mal mit den Panzerknackern
und uns, wenn wir brav sind, doomsday spielt,
weil wir alles vom Teller wegessen müssen,
weil die Kinder in Indien Hunger haben
und weniger Spielzeug und ABC-Waffen,
die unsere tägliche Vorwärtsverteidigung
vom Wohnzimmer bis in die Hausbar tragen,
in die unsere Eltern das schöne Kindergeld stecken,
bis sie über dreckige Sachen lachen,

kontrolliert explodieren
und sich eigenhändig,
wie wir unseren zerlegbaren Heuler,
zusammensetzen können,
    wenn ich mal groß und nur halb so reich
    wie Onkel Dagobert bin,
    werde ich alle Eltern, die überall rumstehen
    und vom Kinder anschaffen und Kinder abschaffen reden,
    mit einem richtigen spasmischen Krieg überziehen
    und mit Trick, Track und Tick, –
    das sind die Neffen von Donald Duck, –
    eine Familie planen,
    wo bös lieb und lieb bös ist
    und wir mit Vierradantrieb in einem Land-Rover
    voller doll absoluter Lenkwaffen
    zur Schule dürfen,
    damit wir den ersten Schlag führen können;
denn Onkel Dagobert sagt immer wieder:
Die minimale Abschreckung hat uns bis heute, –
und Heiligabend rückt immer näher, –
keinen Entenschritt weiter gebracht.

Badeleben

Der starre und drollige Blick
    riesiger Plastikenten
        meidet die Sonne nicht;
die Menschen aber, erkenntlich
    an der verbrühten,
        morgen schon platzenden Haut,
blinzeln und zählen die Kinder
    zwischen den riesigen Enten
        und Fröschen monumental.

Budweisers Dosen
    und die verschieden heißenden Tuben,
        Muschelgeld, Splitt
und den krustig trocknenden Schaum,
    wie er dem Meer hier
        bei Ebbe vorm Mund steht,
ebnen am Montag,
    vor Ankunft restlicher Gäste,
        hoteleigne Bulldozzer ein.

Am Abend, unter beleuchteten Palmen
    und seitlich
        der blaugekachelten Niere,
wenn abends üblicher Wind
    Chlor quirlt und Moder,
        maunzen Guitarren, klagt
verschleppter Stimmbruch der Twens
    von Liebe und fernem Krieg
        in Vietnam flugstundenfern.

Verschreckt vom honeymoon klammern
    die neuen Paare das Glas;

aber es kreisen und werfen
den Schatten Küstenbewacher.
Stehend auf golfschönem Rasen
findet die plötzliche Party
Glück in beschlagenen Gläsern;
den nahenden Hurrican hatte
der Wettermann Alma genannt.

Plötzliche Angst

Wenn sich im Sommer bei östlichem Wind
   Septemberstaub rührt und in verspäteter Zeitung
     die Kommentare Mystisches streifen,

wenn sich die Mächte umbetten wollen
   und zur Kontrolle neue Geräte
     öffentlich zeugen dürfen,

wenn um den Fußball Urlauber zelten
   und der Nationen verspielter Blick
     große Entscheidungen spiegelt,

wenn Zahlenkolonnen den Schlaf erzwingen
   und durch die Träume getarnter Feind
     atmet, auf Ellbogen robbt,

wenn in Gesprächen immer das gleiche Wort
   aufgespart in der Hinterhand bleibt
     und ein Zündhölzlein Mittel zum Schreck wird,

wenn sich beim Schwimmen in Rückenlage
   himmelwärts nur der Himmel türmt,
     suchen die Ängstlichen rasch das Ufer,

liegt plötzliche Angst in der Luft.

Ach. Einarmig früh schon
beschämte der Geiger
den doppelpfotigen Beifall.

Als er vor Jahresfrist plötzlich verstarb,
wurde uns seine Verbeugung,
dieser Winkel, die Fallsucht zu messen,
zum steingehauenen Maß.

Das nämlich,
wachsende Zuneigung,
hatte er uns voraus.
Nicht nur als Denkmal, zu Lebzeiten schon,
wie diesem Marmor heute,
hinkte auch ihm
fatal die bedeutende Schulter.

Doch was sich neigt, muß nicht stürzen.
Nie wird sein Name platt aufs Gesicht.
Ihm wächst die Ranke:

hilfreich kletternde Pflanze,
die seinen Überhang lindert,
bis sich das Lotrechte
schiefgelacht hat.

Das nämlich, Efeu,
die Zuwachsrate Unsterblichkeit
hatte er uns voraus.

Nie wollte er schlafen gehen.
Seine Müdigkeit blieb sitzen und sprach sich weg.
Er verstand es,
    dicke Worte
        schlank dahergehen zu lassen.
Vor ihm hatte Symmetrie keinen Bestand;
er zerlächelte sie.
Seine Leichtigkeit machte Säulen arbeitslos.
Mit Taubenschritten
    trat auf
        sein Witz.
Die Technik gehorchte ihm meistens.
Für jedes Wunder erfand er sich neue Schwebemaschinen.
Wir sprachen über Vogelscheuchen;
die sollten mobil werden.
Er wog mehr als Bayreuth und weniger
als ein Pfund Kirschen.
Und wollte nicht schlafen gehen.
Nichts besaß er lange.
Alle liebten ihn unerbittlich.
Er spielte um,
    gegen
        und mit Minuten und Geld.
Selbst Wasser trank er süchtig.
Vom Eisbein,
    das er gerne aß,
        ließ er fünf Viertel übrig.
Und fürchtete sich vor dem Zahnarzt.
Und umging seine Probleme:
links und rechts stehende immergrüne Alleebäume.
Und machte runde Frauen glauben,
sie seien fadenscheinige Mädchen.

Und zwirbelte seine einunddreißig Jahre alten Haare.
Und wollte nicht schlafen gehen,
weil er noch sprechen wollte,
weil sein Durst noch hellwach war,
weil sein Theater nie aufhörte,
weil ihm zu jedem Abgang drei Auftritte einfielen,
weil er das Ende nicht fand und nie suchte:
listige Entschuldigungen,
    Papierdrachen,
        Kulissen hin und her geschoben . . .
Doch jetzt ist mein Freund,
    der nie schlafen gehen wollte,
        tot.
Nein. Sagt nicht frühvollendet.
Sprecht nicht von Göttern,
    die ihn liebten,
        wie das Gerücht weiß,
sprecht vom Betrug, von der dummen
    und viereckigen Ungerechtigkeit,
        von der Polizeistunde,
            die da sagt: Schluß machen, Herrschaften!
von uns, den Blutegeln sprecht
und vom Loch, das zurückbleibt:
nicht aufzufüllen – hineinstarren – schlaflos.

König Lear

In der Halle,
in jeder Hotelhalle,
in einem eingesessenen Sessel,
Klub-, Leder-, doch niemals Korbsessel,
zwischen verfrühten Kongreßteilnehmern
und leeren Sesseln, die Anteil haben,
selten, dann mit Distanz gegrüßt,
sitzt er, die von Kellnern umsegelte Insel,
und vergißt nichts.

Diese Trauer findet an sich Geschmack
und lacht mit zwölf Muskeln einerseits.
Viel hört er nicht aber alles
und widerlegt den Teppich.
Die Stukkatur denkt er weg
und stemmt seine Brauen gegen.
Bis sich ihr Blattgold löst,
sprechen Barockengel vor.
Die Kirche schickt Spitzel;
ihm fehlen Komparsen.
Vergeblich ahmen zuviele Spiegel ihn nach.
Seine Töchter sind Anekdoten.

Im Hotel Sacher wird nach Herrn Kortner verlangt.
Herr Kortner läßt sagen, er sei auf der Probe.
In der Halle, in seinem Sessel, stellt jemand sich tot
und trifft sich mit Kent auf der Heide.

Vom Rest unterm Nagel

Wovon erzählen, immer noch vom Knopf
und Bodensatz, der übrig blieb,
von Aschenbechern, Sound and Light,
was übrig blieb, was überblieb,
vom Zinsertrag der kleinen Konten
und von der Zeit, die uns geblieben?

Wovon erzählen, von der Liebe?
Wovon? Noch immer von der Liebe?
Wovon, als ob nur Liebe zählt
und jeder nicht mit seinem Kot allein
auf jedem Abtritt einzeln steht,
mit Fingernägeln: ganz allein.

Das kratzt sich offen, heilt sich nicht
und speichert Reste unterm Nagel:
ich trenn mich nicht, ich putz sie nicht
und weise alle harten Instrumente
zurück: denn Liebe geht mit Geiz
zu Tisch zu Bett und wäscht sich nicht.

Wovon, wenn von der Liebe nicht?
Vom Vorrat, wenn wir fleißig sind,
vom fetten schwarzen abverdienten Rest
will ich erzählen, wenn wir fertig sind
und unsre Nägel, zweimalzehn,
vom Augentauschen dreckig sind.

Ein leeres Haus im Rücken,
  und die Gewißheit trocknender Strümpfe;
    draußen mühen sich ab altbekannte Gewitter.

Mit imprägnierten Gedanken
  in fremder Glut, später in Asche
    stochern; denn die erwärmte Seite hat recht.

Genüsse und schöne Gespräche
  mit dem erregten schreckhaften Holz;
    ich lasse mich leicht überreden.

Das lebt vor sich hin, bis. Mach,
  nun mach schon die Tür zu.
    Drinnen wird alles wirklich.

Die früher bewohnten Kamine
  wurden schon gestern geräumt.
    Morgen, kopfunten, hängt kalter Rauch.

Schlaflos

Mein Atem verfehlte das Nadelöhr.
Jetzt muß ich zählen
und heimwärts blättern treppab.

Aber die Kriechgänge
münden in Wassergräben,
in denen Kaulquappen . . .
Zähl doch mal nach.

Meine Rückspule plappert ihr drittes Jahrzehnt.
Das Bett geht auf Reisen. Und überall legt
der Zoll seine Hand auf: Was führen sie mit?

Drei Strümpfe, fünf Schuhe, ein Nebelgerät. –
Mehrsprachig werden sie nachgezählt:
die Sterne, die Schafe, die Panzer, die Stimmen . . .
Ein Zwischenergebnis wird ausgezählt.

Wenn ich hotdogs im Speisewagen, –
   die Steppe zäunt den Autofriedhof ein, –
wenn rechts mein Auge Landschaft faßt
und links Statistik betet, wenn
ich diesen gelbgenarbten Rücken, –
   sein Unterfutter Tuff Basalt Granit, –
mit einer Zuwachsrate dreieinhalb Prozent,
wenn ich mir Zuckerrüben beiderseits der Elbe
und Erdgas hier in Küstennähe,
wenn ich vergleiche, doch mein Blick ist zwie, –
   die angeschnallte Flugangst stellt sich ein, –
wenn ich, weil Schluchten, leere Pferche
und hüfthoch gelbverfilztes Gras,
mir einen Western denke, Brüder reiten
und treffen sich im gelbverfilzten Gras,
wenn ich den Breitwandwestern reißen lasse
und auf Papier der Southern Pacific Verluste,
die unrentabel für zwölf Dollar zehn
mich und zwei Koffer durch die Landschaft trägt, –
   wer hilft mir Preußens Kiefern roden? –
wenn ich vergleiche, doch mein Blick bleibt zwie, –
   beschwichtigt, weil auch Neger im Abteil, –
und mich entscheide zwischen Landschaft und Papier,
zwing ich die Augen, doch es schläft
Berlin nach Helmstedt durch die Börde
erst kurz vor San Francisco ein.

Bei Tisch

Damit sich niemand erschreckt
und dem Zählzwang verlobt:
Neunaugen auspunkten.
Vorbehalten bleibt Irrtum.
Die Schwierigkeiten beim Töten,
weil sich Nachleben in der Pfanne:
Gott lebt! Gott lebt!
und krümmt sich kategorisch:
Acht sind es. Acht.

Also den Kopf zur Öse geschlitzt,
eingefädelt den Schwanz.
Denn Legenden und Dill überwintern,
Essig verwischt überschreit.
Allenfalls fragen Kinder:
Neun, sind es neun?
Aber der Lehrer sagt: Saugt sich und nährt sich.
Schaut, welche Unzahl fleißig die Luft küßt.
Schaut, wieviel Glaube ihnen das Wasser ersetzt.

Luft zählt nicht.
Wasser tauft nicht.
Dies und das schmeckt uns,
macht uns gesprächig bei Tisch:
Wie heißt dieser schmackhafte Fisch?

Das ist es:
Der bargeldlose Verkehr.
Die immer zu kurze Decke.
Der Wackelkontakt.

Hinter dem Horizont suchen.
Im Laub mit vier Schuhen rascheln
und in Gedanken Barfüße reiben.
Herzen vermieten und mieten;
oder im Zimmer mit Dusche und Spiegel,
im Leihwagen, Kühler zum Mond,
wo immer die Unschuld absteigt
und ihr Programm verbrennt,
fistelt das Wort
jedesmal anders und neu.

Heute, vor noch geschlossener Kasse,
knisterten Hand in Hand
der gedrückte Greis und die zierliche Greisin.
Der Film versprach Liebe.

Doppelportrait
Der Fotografin Renate Höllerer gewidmet

Alle Köpfe im Ausschnitt gewinnen.
Wenn ein Hai im Profil durch das Bild schwimmt.
Oder auch Haare extra bei Gegenwind.
Nimm dich zusammen: Postkartengröße.

In meinem Motivsucher stellte sich ein:
ich, die linke gefällige Seite
ausgeleuchtet nach der Rasur
und straff, weil geohrfeigt.

Wenn immer mein Hündchen bellt,
mache ich knips und belichte:
Dich und den Hintergrund.
Meine Geliebte ertrinkt im Entwickler.

Schwarz. Das sind wir auf zwei Stühlen,
wenn wir schweigen, dem Auslöser lauschen:
breit im Format, bei angehaltenem Atem
und verdeckter Blende.

Dreht euch nicht um

Geh nicht in den Wald,
im Wald ist der Wald.
Wer im Wald geht,
Bäume sucht,
wird im Wald nicht mehr gesucht.

Hab keine Angst,
die Angst riecht nach Angst.
Wer nach Angst riecht,
den riechen
Helden, die wie Helden riechen.

Trink nicht vom Meer,
das Meer schmeckt nach mehr.
Wer vom Meer trinkt,
hat fortan
nur noch Durst auf Ocean.

Bau dir kein Haus,
sonst bist du zuhaus.
Wer zuhaus ist,
wartet auf
spät Besuch und macht auf.

Schreib keinen Brief,
Brief kommt ins Archiv.
Wer den Brief schreibt,
unterschreibt,
was von ihm einst überbleibt.

Mama. Sie kommen auf mich zu
und knacken mit den Handgelenken,
die Söhne aus zu gutem Haus.

So wohlerzogen nimmt Gewalt
den Anlauf, nett, studentenhaft,
mit Kußmundfragen: Glauben Sie?
ein nackter Finger: Hoffen Sie?
die Drohung zielt, zum Schlips gebunden,
als Zusatzfrage: Lieben Sie?

Jetzt lockern sie den Knoten, jetzt:
Mitesser überlebensgroß.
Die Söhne aus zu gutem Haus.

Es ist so schön hier, auch bei Regen.
An Zigaretten glaub ich immer noch.
Mein Schnittlauch grünt, die Hoffnung auch.
Und manchmal, wenn ich mich zerstreue,
kehrt mich die Liebe mit Geduld aufs Blech.

Mama. Es hat sich Heiterkeit
verflogen und ist überfällig.
Eng wird es zwischen Ideologen
und Söhnen aus zu gutem Haus.
Sie kommen näher. Ich will raus.

Nach der Aktion

Ihr Gurren stellt die Löwen ab.
Viel Tauben die das Gift vermieden,
zwängt Frost in unser Dachgebälk.

Wer hört darauf? Es gurgeln heute
auf jeder Wellenlänge Hälse:
Propheten nehmen überhand.

Dem Märchen mangelt Blut im Schuh.
Nichts tropft, um etwas zu beweisen.
Die Klingeln jubeln nach der Tat.

Der Rest drängt sich und böse, übrig:
des Himmels Ratten, Milben im Gefieder. –
Im Keller dauert Taubenmist.

Beim Friseur

Asche am Tresenfuß
oder was nachwuchs:
flüsternd gewaschen verschwitzt.

Ohne Scheitel.
Nur Weniges läßt sich,
gegen Bezahlung, entscheiden.

Gespräche mit ihm. Diesmal Vietnam.
Es ist der Spiegel, der mich zögern läßt
zwischen Haarschnitt und Haarschnitt.

Wie sehe ich aus? Meine Ansichten über,
plus Trinkgeld und Unbekanntes,
machen mein Ansehen aus.

Als ich, seitlich Schaufenstern,
Umwege machte,
begann ich, mir Briefe zu schreiben.

So kompliziert wie eine Nachtigall,
so blechern wie,
gutmütig wie,
so knitterfrei, althergebracht,
so grün ernst sauer, so durchwachsen,
so ebenmäßig,
so behaart,
so nah dem Wasser, windgerecht,
so feuerfest, oft umgegraben,
so kinderleicht, zerlesen wie,
so neu und knarrend, teuer wie,
so unterkellert, häuslich wie,
so leicht verloren, blankgegriffen,
so dünn geblasen, schneegekühlt,
so eigenhändig, mündig wie,
so herzlos wie,
so sterblich wie,
so einfach wie meine Seele.

Mein Schutzengel

Er schüttet mich aus:
das Kind mit dem Bade.

Ich springe nicht gerne:
wer springt, fällt in Gnade.

Soviel ich auch stemme:
er zinkt die Gewichte.

Will ich mit der Tante:
beschützt er die Nichte.

Zerwerfe ich Scheiben:
er handelt mit Kitt.

Und geh ich verloren:
mein Finder geht mit.

Der Delphin
Dem Apostel Paulus und Peter Weiss gewidmet

Ich, gelehrig, sah im Sprung meinen Lehrer:
den Konvertiten hinter dem Mikrophon.
Hörte ihn abschwören und zerlachte ihm seine Beichte.
Schülergelächter. Delphinengelächter.
Er stülpte sich um, lächerlich um:
Damals war ich, heute bin ich.
Doch als er altbackenen Kuchen erbrochen
und frische Semmel getischt hatte,
als Saulus, gleich nach der Häutung,
in mir, – ich sprang! –
den belehrbaren Delphin entdeckte,
als ich dran glauben sollte, dran glauben sollte,
säuerte Angst mein Gelächter:
ich sicherte den Ausgang,
tauchte und schwamm mich frei.

Kettenrauchen

Während ich meine Suppe und meine Bilanz
wie die Weichteile aller Schalentiere,
wacht meine immer vorletzte Zigarette und löst sich ab.

Nein sagt der Arzt und raucht.
Sie lebt vor sich hin.
Kippen zeugen von mir.

Nur keine Pause, das automatische Schifferklavier
und ein Film, der nicht reißt,
wenn sie sich küssen küssen.

Ich will nicht schlafen. Das läßt sich nicht träumen.
Monatelang einen Parkplatz suchen
und im Opel rauchend verhungern.

Mariechen von Guadalupe, du hörst mir zu,
wenn ich bete, drei Päckchen pro Tag:
weiße Asche in deinem Schoß.

Nein, ich schnall mich nicht an,
laß glimmen in hohler Hand.
Sagt nicht Tod. Sagt Entwöhnung.

Kleiner Komplex

Wie wir uns,
Fleck auf dem Schlips,
dankbar erkennen.
Schwitzende Butter oder die Angst
Margarine zu heißen.

Fotogen

Ich ging in den Wald
Fotografierte Eichhörnchen
Ließ den Film entwickeln
Und sah, daß ich zweiunddreißigmal meine
Großmutter geknipst hatte.

Rechtsansprüche

Nicht mehr zu kurz kommen
und bis in die Träume
nach Heringen Schlange stehen.
Über geschlossener Wolkendecke
kämpfen wir um den Fensterplatz.

Die Lüge

Ihre rechte Schulter hängt,
sagte mein Schneider.
Weil ich rechts die Schultasche trug,
sagte ich und errötete.

Die Erstgeburt

Dann werde ich meinen Söhnen Linsen kochen.
Der Vater, der kann das.
Dann werden sie handeln;
und jener wird Esau sein,
der seinen Vater liebt und seines Vaters Küche.

Als die Spitzengruppe
von einem Zitronenfalter
überholt wurde,
gaben viele Radfahrer das Rennen auf.

Sonntagmorgen

Wie sie zärtlich in sich gekehrt,
ernst besorgt um den fingerlang Kratzer,
ihren Wagen
und seine Stoßstange waschen.

Zweimal daneben

Als ich am Abzug den Druckpunkt suchte,
nicht durchriß,
gezielte Fahrkarten schoß.
Glück haben: lachende Nieten ziehen.

Dekadenz

Obgleich frische Eier Aspirin enthalten,
haben die Hähne Kopfschmerzen,
treten aber trotzdem;
wie nervös die Küken im Frühjahr ausschlüpfen.

Die Peitsche

Weil jeder Leiche etwas entsprießt,
weil keine Haut dicht
und kein Geheimnis niet- oder nagelfest ist,
fängt langsam an wie das Gold
der Frühling unter dem Schnee.

Noch schläft die Peitsche und in der Peitsche
aufgerollt der April.
Noch sägt jemand Holz, denkt dabei an den Winter;
und eine Frau geht vorbei,
doch er dreht sich nicht um.

Ein Junge steht auf dem Hof,
schielt und hält eine Peitsche.
Dann dreht er sich langsam, dreht
und schielt nicht mehr, nein er dreht
und knallt haushoch mit der Peitsche.

Karfreitag im Gebirge

Der Schnee vergeht, die Hähne bleiben.
Gebirge krähen, scharfe Kämme,
drei Bündel heiser spitze Winkel
und klappen auf und drängen Keile
und spalten Holz, den nackten Baum,
an dem zur Zeit die Schrauben reifen.

Die Flaschen bersten, Sirup läuft,
füllt alle Fugen, Brillenfutterale.
Wir sehen nichts mehr, Sirup läuft,
versüßt die Ohren, klebt Verschlüsse.
Die Schlüssel irren, Bitternis im Bart,
blutwitternd vor verschränkten Türen.

Wir fanden eine Venus unterm Schnee.
Sie schien erfroren, ihre Scham
glich einer oftgesprungnen Tasse.
Wir rieben ihren spröden Leib, –
es lag noch vieles unterm Schnee,
für Auferstehung Zeitvertreib.

Jetzt erst erkennen wir sie wieder:
ein Arsenal gerollter Peitschen.
Es knattert halbmast, ist wer tot?
Als könnten Hähne sich aus Fahnen wickeln,
die schwarzen Fetzen treten Wind,
der Wind legt Eier, brütet Wind.

Orpheus

Weil ich mich damals zum Publikum zählte,
nahm ich Platz in der siebzehnten Reihe.
So, die Hände überm Programm,
hielt ich es aus bis kurz nach der Pause:

den Kapellmeister strich ich durch,
dem Klavier ins Gebiß, der Flöte ein Auge
weg und das Blech gefüllt, – womit denn? – mit Blei.
Es galt, die Hälfte aller Instrumente zu enthaaren.

Wer schnitt mir damals den Film ab?
Platzanweiser bekamen Gewalt,
warfen mich Geigen vor, Hemdbrüsten,
was von Noten schwarz-weiß lebt, liniert.

Die Harfenistin, trotzdem ein Weib,
beugte sich über mich, trug ein mildtätig Kleid.
So ging ich in ihre Saiten ein,
verstehe mich nur noch auf Finger:

Wohlklang, ich überhöre mich, hüte mich,
nach ihrem Programm zu verlangen.

Der Dampfkessel-Effekt

Immer zum Zischen bereit.
Schneller gezischt als gedacht.
Nicht mehr mit Fäusten,
zischend wird argumentiert.
Bald wird es heißen:
Er wurde zu Tode gezischt.
Aber noch lebt er und spricht.
Auf seine Frage gab Zischen Antwort.
Seht dieses Volk, im Zischen geeint.
Zischoman. Zischoplex. Zischophil.
Denn das Zischen macht gleich,
kostet wenig und wärmt.
Aber es kostete wessen Geld,
diese Elite, geistreich und zischend,
heranzubilden.
Als wollte Dampfablassen
den nächstliegenden Nero bewegen,
jeweils den Daumen zu senken.
Pfeifen ist schön. Nicht jeder kann pfeifen.
Dieses jedoch, anonym,
macht ängstlich und läßt befürchten . . .

In Ohnmacht gefallen

Wir lesen Napalm und stellen Napalm uns vor.
Da wir uns Napalm nicht vorstellen können,
lesen wir über Napalm, bis wir uns mehr
unter Napalm vorstellen können.
Jetzt protestieren wir gegen Napalm.
   Nach dem Frühstück, stumm,
   auf Fotos sehen wir, was Napalm vermag.
   Wir zeigen uns grobe Raster
   und sagen: Siehst du, Napalm.
   Das machen sie mit Napalm.
Bald wird es preiswerte Bildbände
mit besseren Fotos geben,
auf denen deutlicher wird,
was Napalm vermag.
Wir kauen Nägel und schreiben Proteste.
   Aber es gibt, so lesen wir,
   Schlimmeres als Napalm.
   Schnell protestieren wir gegen Schlimmeres.
   Unsere berechtigten Proteste, die wir jederzeit
   verfassen falten frankieren dürfen, schlagen zu Buch.
Ohnmacht, an Gummifassaden erprobt.
Ohnmacht legt Platten auf: ohnmächtige Songs.
Ohne Macht mit Guitarre. –
Aber feinmaschig und gelassen
wirkt sich draußen die Macht aus.

Irgendwas machen

Da können wir doch nicht zusehen.
Wenn wir auch nichts verhindern,

wir müssen uns deutlich machen.
(Mach doch was. Mach doch was.
Irgendwas. Mach doch was.)
Zorn, Ärger und Wut suchten sich ihre Adjektive.
Der Zorn nannte sich gerecht.
Bald sprach man vom alltäglichen Ärger.
Die Wut fiel in Ohnmacht: ohnmächtige Wut.
Ich spreche vom Protestgedicht
und gegen das Protestgedicht.
(Einmal sah ich Rekruten beim Eid
mit Kreuzfingern hinterrücks abschwören.)
Ohnmächtig protestiere ich gegen ohnmächtige Proteste.
Es handelt sich um Oster-, Schweige- und Friedensmärsche.
Es handelt sich um die hundert guten Namen
unter sieben richtigen Sätzen.
Es handelt sich um Guitarren und ähnliche
die Schallplatte fördernde Protestinstrumente.
Ich rede vom hölzernen Schwert und vom fehlenden Zahn,
vom Protestgedicht.

Wie Stahl seine Konjunktur hat, hat Lyrik ihre Konjunktur.
Aufrüstung öffnet Märkte für Antikriegsgedichte.
Die Herstellungskosten sind gering.
Man nehme: ein Achtel gerechten Zorn,
zwei Achtel alltäglichen Ärger
und fünf Achtel, damit sie vorschmeckt, ohnmächtige Wut.
Denn mittelgroße Gefühle gegen den Krieg
sind billig zu haben
und seit Troja schon Ladenhüter.
(Mach doch was. Mach doch was.
Irgendwas. Mach doch was.)
Man macht sich Luft: schon verraucht der gerechte Zorn.
Der kleine alltägliche Ärger läßt die Ventile zischen.
Ohnmächtige Wut entlädt sich, füllt einen Luftballon,
der steigt und steigt, wird kleiner und kleiner, ist weg.
Sind Gedichte Atemübungen?

Wenn sie diesen Zweck erfüllen, – und ich frage,
prosaisch wie mein Großvater, nach dem Zweck, –
dann ist Lyrik Therapie.
Ist das Gedicht eine Waffe?
Manche, überarmiert, können kaum laufen.
Sie müssen das Unbehagen an Zuständen
als Vehikel benutzen:
sie kommen ans Ziel, sie kommen ans Ziel:
zuerst ins Feuilleton und dann in die Anthologie:
Die Napalm-Metapher und ihre Abwandlungen
im Protestgedicht der sechziger Jahre.
Es handelt sich um Traktatgedichte.
Gerechter Zorn zählt Elend und Terror auf.
Alltäglicher Ärger findet den Reim auf fehlendes Brot.
Ohnmächtige Wut macht atemlos von sich reden.
(Mach doch was. Mach doch was . . .)
Dabei gibt es Hebelgesetze.
Sie aber kreiden ihm an, dem Stein,
er wolle sich nicht bewegen.
Tags drauf ködert der hilflose Stil berechtigter Proteste
den treffsicheren Stil glatter Dementis.
Weil sie in der Sache zwar jeweils recht haben,
sich im Detail aber allzu leicht irren,
distanzieren sich die Unterzeichner
halblaut von den Verfassern und ihren Protesten.
(Nicht nur Diebe kaufen sich Handschuhe.)
Was übrig bleibt: zählebige Mißverständnisse
zitieren einander. Fehlerhafte Berichtigungen
lernen vom Meerschweinchen
und vermehren sich unübersichtlich.

Da erbarmt sich der Stein und tut so,
als habe man ihn verrückt:
während Zorn, Ärger und Wut einander ins Wort fallen,
treten die Spezialisten der Macht
lächelnd vor Publikum auf. Sie halten fundierte Vorträge

über den Preis, den die Freiheit fordert;
über Napalm und seine abschreckende Wirkung;
über berechtigte Proteste und die erklärliche Wut.
Das alles ist erlaubt.
Da die Macht nur die Macht achtet,
darf solange ohnmächtig protestiert werden,
bis nicht mehr, weil der Lärm stört,
protestiert werden darf. –
Wir aber verachten die Macht.
Wir sind nicht mächtig, beteuern wir uns.
Ohne Macht gefallen wir uns in Ohnmacht.
Wir wollen die Macht nicht; sie aber hat uns. –
Nun fühlt sich der gerechte Zorn mißverstanden.
Der alltägliche Ärger mündet in Schweigemärsche,
die zuvor angemeldet und genehmigt wurden.
Im Kreis läuft die ohnmächtige Wut.
Das fördert den gleichfalls gerechten Zorn
verärgerter Polizisten:
ohnmächtige Wut wird handgreiflich.
Die Faust wächst sich zum Kopf aus
und denkt in Tiefschlägen Leberhaken knöchelhart.
(Mach doch was. Mach doch was . . .)
Das alles macht Schule und wird von der Macht
gestreichelt geschlagen subventioniert.
Schon setzt der Stein, der bewegt werden wollte,
unbewegt Moos an.
Geht das so weiter? – Im Kreis schon.
Was sollen wir machen? – Nicht irgendwas.
Wohin mit der Wut? – Ich weiß ein Rezept:

Schlagt in die Schallmauer Nägel.
Köpft Pusteblumen und Kerzen.
Setzt auf dem Sofa euch durch.
    Wir haben immer noch Wut.
    Schon sind wir überall heiser.
    Wir sind gegen alles umsonst.

Was sollen wir jetzt noch machen?
Wo sollen wir hin mit der Wut?
Mach doch was. Mach doch was.
Wir müssen irgendwas,
mach doch was, machen.

Los, protestieren wir schnell.
Der will nicht mitprotestieren.
Los, unterschreib schon und schnell.
Du warst doch immer dagegen.
Wer nicht unterschreibt, ist dafür.

Schön ist die Wut im Gehege,
bevor sie gefüttert wird.
Lang lief die Ohnmacht im Regen,
die Strümpfe trocknet sie jetzt.
Wut und Ventile, darüber Gesang;
Ohnmacht, dein Nadelöhr ist der Gesang:

Weil ich nichts machen kann,
weil ich nichts machen kann,
hab ich die Wut, hab ich die Wut.
Mach doch was. Mach doch was.
Irgendwas. Mach doch was.
Wir müssen irgendwas,
hilft doch nix, hilft doch nix,
wir müssen irgendwas,
mach doch was, machen.

Lauf schweigend Protest.
Lief ich schon. Lief ich schon.
Schreib ein Gedicht.
Hab ich schon. Hab ich schon.
Koch eine Sülze. Schweinekopfsülze:
die Ohnmacht geliere, die Wut zittre nach.
Ich weiß ein Rezept; wer kocht es mir nach?

Die Schweinekopfsülze

Man nehme: einen halben Schweinekopf
samt Ohr und Fettbacke,
lasse die halbierte Schnauze, den Ohransatz,
die Hirnschale und das Jochbein anhacken,
lege alles mit zwei gespaltenen Spitzbeinen,
denen zuvor die blaue Schlachthofmarkierung
entfernt werden sollte,
mit nelkengespickter Zwiebel, großem Lorbeerblatt,
mit einer Kinderhand Senfkörner
und einem gestrichenen Suppenlöffel mittlere Wut
in kochendes Salzwasser,
wobei darauf zu achten ist,
daß in geräumigem Topf alle Teile
knapp mit Wasser bedeckt sind,
und der Ohrlappen, weil er sonst ansetzt,
nicht flach auf den Topfboden gedrückt wird.
    Fünf viertel Stunden lasse man kochen,
    wobei es ratsam ist, nach dem ersten Aufkochen
    mit der Schaumkelle
    die sämigen, braungrauen Absonderungen
    der inneren Schnauzenteile, sowie der Ohrmuschel
    und der halbierten leeren Hirnschale
    abzuschöpfen, damit wir zu einer klaren,
    wenn auch geschmacksärmeren Sülze kommen,
    zumal sich die rasch zum Protest gerinnende Wut,
    wie jede ohnmächtige, also eiweißhaltige Leidenschaft,
    wenn sie nicht rasch gleichmäßig unterrührt wird,
    gern in weißen Partikeln dem Schaum mitteilt.
Inzwischen wiege man vier Zwiebeln
und zwei geschälte
und vom Gehäuse befreite Äpfel
möglichst klein,
schneide zwei Salzgurken, –
niemals Dill-, Senf- oder Delikateßgurken, –

zu winzigen Würfeln,
zerstoße in Gedanken wie im Mörser
eine gefüllte Schlüsselbeinkuhle schwarzen Pfeffer
und lasse die restliche Wut
mit beigelegter Ingwerwurzel
und wenig geriebener Zitronenschale
auf kleiner Flamme ohnmächtig ziehen.

    Sobald, – nach einer Stichprobe in die Fettbacke, –
das Kopffleisch weich ist,
    die Backenzähne im Zahnbett gelockert sind,
    aber noch haften,
    und sich die besonders geleespendenden Hautteile
    vom Ohr und an den Spalträndern
    der beigelegten Spitzbeine zu lösen beginnen,
    nehme man alle Teile,
    sowie die nelkengespickte Zwiebel
    und das Lorbeerblatt aus dem Topf,
    suche mit der Schaumkelle den Topfboden
    nach Knochensplittern
    und den sich leicht lösenden Vorderzähnen,
    sowie nach dem kiesig knirschenden Sand
    der Ohrmuschel ab und lasse, während der Sud
    auf kleingestelltem Feuer weiterziehen sollte,
    alles auf einer Platte,
    möglichst bei offenem Küchenfenster
    und verengten Pupillen, abkühlen.
Jetzt gilt es, die Weichteile der Schnauze,
die Fettbacke samt eingebettetem Auge
und das darunter gelagerte Fleisch
von den Knochen zu lösen.

    Es sei angeraten, auf weiche
    bis schnittfeste Knorpelteile,
    sowie auf den gallertartigen Ohrbelag,
    der sich mit dem Messerrücken leichthin
    vom eigentlichen Ohrlappen schaben läßt,
    nicht zu verzichten,

weil gerade diese Teile,
desgleichen das lamellenförmige Zahnfleisch
und der hornige,
zur Speise- und Luftröhre leitende Zungenansatz,
unserer Sülze den speziellen
und leidenschaftlichen Sülzgeschmack geben.
Auch scheue man sich nicht,
die während der Arbeit immer wieder rasch
von einem Geleefilm überzogenen Hände
über dem dampfenden Sud abtropfen zu lassen,
weil so der Prozeß des natürlichen Gelierens
abermals unterstützt wird;
denn unsere Schweinekopfsülze
soll ganz aus sich und mitgeteilter Wut,
also ohne Macht und Gelatinepapier steif werden.
Alsdann würfle man das
von den Knochen gelöste Fett und Fleisch,
desgleichen die Knorpel und Weichteile,
lege sie mit den gewiegten Zwiebeln und Äpfeln,
den winziggewürfelten Gurken,
dem gestoßenen Schwarzpfeffer
und einem satten Griff Kapern in den Sud.
Mit, – nach Geschmack, –
löffelweis unterrührtem Estragonessig, –
es wird empfohlen, kräftig zu säuern,
weil Essig kalt gerne nachgibt, –
lasse man alles noch einmal aufkochen,
gebe jetzt erst,
nach wenig Bedenken,
die mittlerweile
auf kleiner Flamme
schön eingedickte Wut
ohne die ausgelaugte Ingwerwurzel bei
und fülle alsdann eine zuvor
mit kaltem Wasser geschwenkte Steingutschüssel.
Diese stelle man an einen kühlen,

wenn möglich zugigen Ort
und lade sich für den nächsten Abend
freundliche Gäste ins Haus,
die eine hausgemachte Schweinekopfsülze
zu schätzen wissen.
Sparsamer Nachsatz: Wer ungern etwas verkommen läßt,
der lasse Großknorpel und Knochen,
sowie die gespaltenen Spitzbeine
noch einmal auskochen,
verfeinere mit Majoran, Mohrrüben, Sellerie,
gebe, falls immer noch restliche Wut im Hause,
eine Messerspitze dazu
und gewinne so eine schmackhafte Suppe,
die, wenn man Wruken, Graupen, sonstige Kümmernisse
oder geschälte Erbsen beilegt,
kinderreichen Familien ein zwar einfaches,
aber nahrhaftes Essen zu ersetzen vermag.

Der Epilog

Schon hat gerechter Zorn seinen Schneider gefunden.
Sonntag glättet alltäglichen Ärger.
Ach, mit der Suppe, ohnmächtig, verkochte die Wut.
    Erschöpft und gezähmt sitzen wir sanft um den Tisch.
    Kleine Gewinne erfreuen den Vater; Sorge will kürzen,
    denn abgestimmt, Punkt für Punkt, wird unser Haushalt.
So läßt uns Fallsucht in Ohnmacht fallen.
Immer noch werden Proteste zur Kenntnis genommen
und, – auf Verlangen, – im Protokoll erwähnt.
    Es liegt ein Antrag auf Unterlassung vor:
    Nie mehr soll ohne Macht protestiert werden.
Stimmlos, weil nicht beschlußfähig,
vertagen wir uns auf morgen.

Mehr Obst essen

Ich war in der Rheinlust,
wo die Gewählten
bei taktischem Bier
Wahlen verwetten.
Die Krise am Stammtisch.
Wer hält das aus,
dieses Rechtbehalten?

Gesund will die kleine Wut überleben.
In einen Apfel großspurig beißen.
Hör dir nur zu:
Blutet das Zahnfleisch,
lärmen im Kleinhirn die Zähne.
Obst, kurz vorm Schlafen, ist lauter als
und übertönt übertönt . . .

Jetzt wieder rauchen.
Asche auf Kerne Gehäuse.
Stille und Widerspruch,
wenige Züge lang
nehmen sie zu.

Uns Geschädigten, denen das Wissen
   Mühe macht beim Verlernen,
      ordnet die Geografie wirre Geschichte:
Seitlich Adenau und bis an das Flüßchen Hunte,
   zwischen Galen und Frings,
      buchen die Sozis kleine Gewinne,
         mühen sich ab beim Verlernen.
Doch immerfort tagt am Wannsee die Konferenz;
   immerfort werden in Eifellava, Basalt,
      in grauen Globke, – nie wieder in Travertin, –
         die Kommentare gezwungen.
Denn das soll bleiben bleiben
   und sich nie mehr vertagen dürfen:
      von der Jaksch bis zur Veba,
         unausgesetzt wird zuendegedacht.
Schuld und die Forstwirtschaft
   oder was nachwächst: Schonungen
      geben dem Land Enge und Hoffnung,
damit Nutzholz und eine neue Generation
   schon morgen vergißt,
      wie verschuldet, wie abgeholzt
         Schwarzwälder waren.
Schön ist das Land und Natur
   stützt die Kurse und Reiseprospekte,
      denn ein Blick bis zur Elbe
         oder vom Bocksberg nach drüben zum Marx,
– wie sie sich abschirmen; wie wir uns abschirmen –
   wo immer sich ernste Berge im Wege stehn
      und der Gedanke nicht flügge wird,
         lohnen sich Blicke
           vom Blessing über den Rhein.
O ihr linken und rechten Nebenflüsse:

die Barzel fließt in die Wehner.
Abwässer speisen das Sein.
Grauwacke, Rehwinkel, laubgesägt Tannen,
Karst, Abs und Kulmbacher Bier,
altfränkische Wolken über dem Heideggerland.

Neue Mystik
oder: Ein kleiner Ausblick auf die utopischen Verhältnisse
nach der vorläufig allerletzten Kulturrevolution.

Als unsere Fragebögen lückenhaft blieben
und die formierten Mächte sich ratlos näher kamen,
begann die Verschmelzung aller Systeme mit der Telepathie.

Während noch Skeptiker abseits standen,
wurden schon volkseigne Tische gerückt,
Geister gerufen, mit Hegel
und anderen Mystikern gefüttert,
bis es klopfte und leserlich Antwort gab.

Auf jener Tagung spiritistischer Leninisten in Lourdes,
deren Arbeitsgruppen das fortschrittliche Tibet
und die Errungenschaften der Therese von Konnersreuth
mit Hilfe der Schrenk-Notzing-Methode behandelten,
wurden die Vertreter aufklärender Dekadenz gemaßregelt:
Fortan fiel Pfingsten auf jeweils den 1. Mai.

Im folgenden Jahr,
während der telepathischen Karwoche,
überführten Zen-Pioniere,
geleitet von den vierdimensionalen Sozial-Jesuiten,
gefolgt von indischen Kühen
und den großen Sensitiven astraler Hindu-Kombinate,
des Stalin wächserne Leiche in Etappen nach Rom.

Als man, nach paladinischer Weisung,
(Eusapia Paladino, geb. 1854 in Neapel,
mediale Vorkämpferin der Neuen Mystik)
auf der windigen Insel Gotland
ein gelbhaariges Medium gefunden hatte,
wurde es zur Heldin des sozialistischen Mystizismus erklärt

und kurz nach jenem tragischen Autounfall, –
versprengte Sozialdemokraten
und marxistische Revisionisten
gestanden später den Anschlag, –
heiliggesprochen.

Die in Texas und in der Äußeren Mongolei
zwecks Umschulung an Schutzlagertischen
konzentrierten Konterrevolutionäre
nehmen fortan
von Sitzung zu Sitzung ab.

Ständig tagt unser Vollzirkel dialektischer Psychokinese.
Denn immer noch gibt die Heilige Antwort.
Um einen Tisch sitzt die Welt und holt Rat bei ihr.
Sie, die irrationale, rüstet uns ab,
sie, die telekinetische, hilft uns, das Soll zu erfüllen,
sie, die okkulte, ernährt und verwaltet uns,
nur sie, die parteiliche und unfehlbare,
sie, die gebenedeite und schmerzensreiche,
sie, die liebliche Sensitive,
füllt unsere Fragebögen,
benennt unsere Straßen,
säubert uns gründlich,
erlöst uns vom Zweifel,
nimmt uns das Kopfweh.

Fortan müssen wir nicht mehr denken,
nur noch gehorchen
und ihre Klopfzeichen auswerten.

Gesamtdeutscher März
Gustav Steffen zum Andenken

Die Krisen sprießen, Knospen knallen,
in Passau will ein Biedermann
den Föhn verhaften, Strauß beteuert,
daß er nicht schuld sei, wenn es taut;
in Bayern wird viel Bier gebraut.

Der Schnee verzehrt sich, Ulbricht dauert.
Gesamtdeutsch blüht der Stacheldraht.
Hier oder drüben, liquidieren
wird man den Winter laut Beschluß:
die Gärtner stehn Gewehr bei Fuß.

In Schilda wird ein Hochhaus, fensterlos,
das Licht verhüten; milde Lüfte
sind nicht gefragt, der alte Mief
soll konservieren Würdenträger
und Prinz Eugen, den Großwildjäger.

Im Friedenslager feiert Preußen
das Osterfest, denn auferstanden
sind Stechschritt und Parademarsch;
die Tage der Kommune sind vorbei,
und Marx verging im Leipz'ger Allerlei.

Bald wärmt die Sonne und der greise,
schon legendäre Fuchs verläßt
zum Kirchgang-Wahlkampf seinen Bau;
der Rhein riecht fromm nach Abendland,
und Globke lächelt aus dem Zeugenstand.

Heut gab es an der Grenze keinen Toten.
Nun langweilt sich das Bild-Archiv.

Seht die Idylle: Vogelscheuchen
sind beiderseits der Elbe aufmarschiert;
jetzt werden Spatzen ideologisiert.

O, Deutschland, Hamlet kehrte heim:
»Er ist zu fett und kurz von Atem . . .«
und will, will nicht, auf kleiner Flamme
verkocht sein Image: Pichelsteiner Topf;
die Bundesliga spielt um Yoricks Kopf.

Bald wird das Frühjahr, dann der Sommer
mit all den Krisen pleite sein, –
glaubt dem Kalender, im September
beginnt der Herbst, das Stimmenzählen;
ich rat Euch, Es-Pe-De zu wählen.

Kleines Fest

Bevor die Preise uns, den Lohn, erklettern,
– galvanisiert pocht morgens schon der Knöchel
auf feste Werte Leitmotive, –
soll Heiterkeit aufkommen, leichte Brisen
bewegen uns und kräuseln unsre Krisen.

Wir zählen Schätze auf: ein Brillenschoner
wird oft gefragt, bleibt später liegen.
Brief oder Geld, – und auch der Glanz von innen, –
zum Kapital geschlagen; Kerzenlicht
verkündet aller Hoffnung letzte Schicht.

Wer gibt? Wer reizt? Und wer sitzt vorne?
Nach sieben Stunden Pfennigskat
hat jeder Zeit gewonnen, nur die Mark
verlor und wollte heimwärts rollen
und sich ersäufen im ersoffnen Silberstollen.

In Ecken, von der Müdigkeit gestützt,
erholt sich Sünde und macht mäßig Spaß.
Erst gegen Morgen, – nüchtern wieder, –
rafft sich der Hausherr auf zum Manifest:
Gott unterliegt dem Warentest!

Wir, im Konsum vereint, auf Raten fällig,
– auf Eis gelegt, wird jeder Gaumen taub,
liegt zwischen Hühnchen leichenbitter
und Vorrat, der an Notstand glaubt, –
uns wird Geschmack vom Mund geraubt.

Der Spott gedrosselt, Ironie blockiert:
mein Handel bleibt auf Tränensäcken sitzen.

Ach, wären Märkte offen, wäre Liebe frei,
es müßten die Tendenzen sich versteifen;
an Stützungskäufen läßt sich Impotenz begreifen.

Die Gäste gehen, halten Maß.
Doch mein Gelächter schreit nach Staubzulage,
und Kichern wirbt in Aschenbecherhalden
für blauen Himmel über Ruhr und Rhein. –
Ich lüfte, doch die Luft sagt: Nein.

Unter Verschluß liegt es.
Es kommt nicht oft vor.
Wirft seinen Schatten: es.
Und atmet laut durch die Nase,
hüstelt, nähert sich: es tritt ein.

Wenn sie,
   die Tür,
      nicht schließen will,
weil sich das Holz verzogen hat,
weil sich ein Haar ins Schloß
geschlichen, weil eine Schulter . . .

Wenn sie
   nicht schließt,
     die Tür,
und Zugluft die alten Papiere
wach hält, weiß ich,
es kommt Besuch.

Den Fuß hält es zwischen.
Es klopft nicht an.
Sitzt schon, bevor es eingetreten.
Und will nicht gehen,
bevor es verjährt.

Der Neubau

Beim Ausschachten,
im März,
stießen wir auf Scherben,
die vom Museum abgeholt wurden.
Das Fernsehen drehte die Übergabe.

Beim Ausgießen der Fundamente,
im Mai,
trat ein Italiener zwischen die Verschalung
und ging verschütt.
Ermittelt wurde menschliches Versagen.

Beim Versetzen der Fertigteile,
im Juni und Juli,
vergaß jemand seinen Henkelmann
in den Hohlräumen der Außenwände.
Diese Bauweise ist ein Isolierverfahren der Firma Schlempp.

Beim Installieren der Leitungen,
im späten September,
verschwanden Fotokopien und ähnliches Ostmaterial
hinter dem Putz.
Die Fernheizung wurde angeschlossen.

Beim Verlegen der Fußböden,
bevor im November die Anstreicher kamen,
verlagerten wir die Vergangenheit des Bauleiters Lübke
unter die Böden.
Später versiegelten wir das Parkett.

Jetzt,
ab Dezember,

ist der Neubau bewohnt;
doch klagen die Mieter über Nebengeräusche.
Sie werden sich gewöhnen müssen.

Erftperle Ingelfinger Ehrentrup.
Gut eingewogen, sortenrein,
die Unterschiede zwischen jung und fein, –
die jungen dürfen braune Kerne haben, –
doch sei die Bohne, ob gebrochen,
wie Wachsbrechbohnen, Kanada,
Schnittbohnen, Stufe eins, Prinzess,
jung rund grün schlank und fadenfrei;
so sei die Bohne: fadenfrei.
    Denn nicht nur mit der Bombe, mit Konserven
    gilt es zu leben: Rote Beete
    sind dankbar, preiswert und empfehlen sich
    in Sonderdosen für den Ostermarsch.
    Wie sanft sie protestieren, Hülsenfrüchte,
    selbst wenn sie steinfrei, Linsen etwa,
    sind von der Schote her Protest;
    nicht nur die Bombe unterliegt dem Test.
Heut testen wir Gemüsesorten.
Es eignet sich für Notstandszeiten
das deutsche Büchsensauerkraut.
Doch Vorsicht bei der Sorte Nanz:
zerkocht, geschmacksarm, wenn auch ohne
Rückstände, die der Pflanzenschutz
auf Weißkohlsorten gerne haften läßt,
versagte dieses Sauerkraut beim Test.
    Denn ohne Essig ohne Bleiche,
    ganz ohne Süßstoff muß es sauer sein.
    Bei Gurken rundet Ananas Geschmack,
    süß-sauer von der Firma Otto Frenzel.
    Ob Salz Senf Dill, wir fanden alle Gurken
    dank Glasverpackung ohne Blechgeschmack;
    bei Grünen Erbsen lag es oft am Lack.

Wir, die wir alles, Moos und Algen testen, –
auch Löwenzahn ersetzt zur Not Gemüse, –
wir weisen hin auf Riesenstangenspargel
mit Köpfen extrastark aus Gifhorn und Formosa.
Von Pilzen sei der Pilzform wegen abgeraten,
auch sind bei Pfifferlingen Maden zugelassen,
getestet als Hotelkost, dritte Wahl.
Zuletzt sei auf Spinat verwiesen;
nicht nur bei Kindern hebt er die Moral.

Gestrichnes Korn, gezielte Fragen
verlangt die Kimme lebenslang:
Als ich verließ den Zeugenstand,
an Wände, vor Gericht gestellt,
wo Grenzen Flüsse widerlegen,
sechstausend Meter überm Mief,
zuhause, der Friseur behauchte
den Spiegel und sein Finger schrieb:
Geboren wann? Nun sag schon, wo?
    Das liegt nordöstlich, westlich von
    und nährt noch immer Fotografen.
    Das hieß mal so, heut heißt es so.
    Dort wohnten bis, von dann an wohnten.
    Ich buchstabiere: Wrzeszcz hieß früher.
    Das Haus blieb stehen, nur der Putz.
    Den Friedhof, den ich, gibts nicht mehr.
    Wo damals Zäune, kann heut jeder.
    So gotisch denkt sich Gott was aus.
    Denn man hat wieder für viel Geld.
    Ich zählte Giebel, keiner fehlte:
    das Mittelalter holt sich ein.
    Nur jenes Denkmal mit dem Schwanz
    ist westwärts und davon geritten.
Und jedes Pausenzeichen fragt;
denn als ich, zwischen Muscheln, kleckerte mit Sand,
als ich bei Brenntau einen Grabstein fand,
als ich Papier bewegte im Archiv
und im Hotel die Frage in fünf Sprachen:
Geboren wann und wo, warum?
nach Antwort schnappte, beichtete mein Stift:
    Das war zur Zeit der Rentenmark.
   Hier, nah der Mottlau, die ein Nebenfluß,

wo Forster brüllte und Hirsch Fajngold schwieg,
hier, wo ich meine ersten Schuhe
zerlief, und als ich sprechen konnte,
das Stottern lernte: Sand, klatschnaß,
zum Kleckern, bis mein Kinder-Gral
sich gotisch türmte und zerfiel.
Das war knapp zwanzig Jahre nach Verdun;
und dreißig Jahre Frist, bis mich die Söhne
zum Vater machten; Stallgeruch
hat diese Sprache, Sammeltrieb,
als ich Geschichten, Schmetterlinge spießte
und Worte fischte, die gleich Katzen
auf Treibholz zitterten, an Land gesetzt,
zwölf Junge warfen: grau und blind.
Geboren wann? Und wo? Warum?
Das hab ich hin und her geschleppt,
im Rhein versenkt, bei Hildesheim begraben;
doch Taucher fanden und mit Förderkörben
kam Strandgut Rollgut hoch, ans Licht.
Bucheckern, Bernstein, Brausepulver,
dies Taschenmesser und dies Abziehbild,
ein Stück vom Stück, Tonnagezahlen,
Minutenzeiger, Knöpfe, Münzen,
für jeden Platz ein Tütchen Wind.
Hochstapeln lehrt mein Fundbüro:
Gerüche, abgetretne Schwellen,
verjährte Schulden, Batterien,
die nur in Taschenlampen glücklich,
und Namen, die nur Namen sind:
Elfriede Broschke, Siemoneit,
Guschnerus, Lusch und Heinz Stanowski;
auch Chodowiecki, Schopenhauer
sind dort geboren. Wann? Warum?
Ja, in Geschichte war ich immer gut.
Fragt mich nach Pest und Teuerung.
Ich bete läufig Friedensschlüsse,

die Ordensmeister, Schwedennot,
und kenne alle Jagellonen
und alle Kirchen, von Johann
bis Trinitatis, backsteinrot.
  Wer fragt noch wo? Mein Zungenschlag
  ist baltisch tückisch stubenwarm.
  Wie macht die Ostsee? — Blubb, pifff, pschsch . . .
  Auf deutsch, auf polnisch: Blubb, pifff, pschsch . . .
  Doch als ich auf dem volksfestmüden,
  von Sonderbussen, Bundesbahn
  gespeisten Flüchtlingstreffen in Hannover
  die Funktionäre fragte, hatten sie
  vergessen, wie die Ostsee macht,
  und ließen den Atlantik röhren;
  ich blieb beharrlich: Blubb, pifff, pschsch . . .
  Da schrien alle: Schlagt ihn tot!
  Er hat auf Menschenrecht und Renten,
  auf Lastenausgleich, Vaterstadt
  verzichtet, hört den Zungenschlag:
  Das ist die Ostsee nicht, das ist Verrat.
  Befragt ihn peinlich, holt den Stockturm her,
  streckt, rädert, blendet, brecht und glüht,
  paßt dem Gedächtnis Schrauben an.
  Wir wollen wissen, wo und wann.
Nicht auf Strohdeich und Bürgerwiesen,
nicht in der Pfefferstadt, – ach, wär ich doch
geboren zwischen Speichern auf dem Holm! –
in Strießbachnähe, nah dem Heeresanger
ist es passiert, heut heißt die Straße
auf polnisch Lelewela, – nur die Nummer
links von der Haustür blieb und blieb.
Und Sand, klatschnaß, zum Kleckern: Gral . . .
In Kleckerburg gebürtig, westlich von.
Das liegt nordwestlich, südlich von.
Dort wechselt Licht viel schneller als.
Die Möwen sind nicht Möwen, sondern.

Und auch die Milch, ein Nebenarm der Weichsel,
floß mit dem Honig brückenreich vorbei.
     Getauft geimpft gefirmt geschult.
     Gespielt hab ich mit Bombensplittern.
     Und aufgewachsen bin ich zwischen
     dem Heilgen Geist und Hitlers Bild.
     Im Ohr verblieben Schiffssirenen,
     gekappte Sätze, Schreie gegen Wind,
     paar heile Glocken, Mündungsfeuer
     und etwas Ostsee: Blubb, pifff, pschsch . . .

Sechsundsechzig

In diesem Eidechsenjahr, –
    wirklich, auf sonnigem Putz
        atmeten viele verspielt . . .

In diesem Jahr unterwegs, –
    was mich beschleunigt, wächst,
        gibt Zeichen, hat überholt . . .

In diesem Jahr kinderleicht, –
    Jahr, das befürchten läßt: Schrott . . .

In diesem kosmischen Jahr, –
    fortschreitend witzlos verläuft . . .

In diesem Jahr auf ein Jahr, –
    Jahr ohne Gag Richtung Mond . . .

In diesem Bilderschirmjahr, –
    Eckbälle wurden verschossen,
        Schreckschüsse saßen im Tor . . .

Im sechsundsechzigsten Jahr
    tobte im Kies, zu Füßen der Mauer:
        ein unwiderrufner Befehl,
            bewegter Protest,
                ledige Wut:
                    zwei Eidechsenschwänze.

Luft holen

Seife und Äpfel kaufen.
Möwen habe ich schon beschrieben.
Diese sind kleiner.

Eisgrütze auf den Grachten igelt sich ein.
Wer hat die Mädchen
mit Graupeln beworfen: zu fettes Essen?

Man sagt, die Königin subventioniere
die Fahrräder.
Und eine der Tulpen heißt: Lustige Witwe.

Es ist schon so, daß die Zwiebel,
wenn man sie streichelt,
am Ende ja sagt.

Tagsüber lache ich vor mich hin.
Das darf man hier:
vorsichhinlachen und luftholen.

Im Botanischen Garten

Die Farbenreiber leben vom Herbst.
Fünfhundert Sorten Erica,
darunter das Kräutchen Calluna der Besenheide.
    Am Sonntag Familienauftrieb:
    neben Begonien und weißer Vollendung,
    nahe dem Ricinus,
    wächst das Vivil für den übrigen Groschen,
    unseren Atem zu klären.
Nacktsamer und Farne.
Leguminosae, – unsere Liebe, Hülsenfrucht,
Scheinhasel, Zaubernuß, flüchtet sich ins Latein. –
Auf verwaschenen Schildchen
springt sie und springt
von der kanadischen Felsenbirne,
zu deren Füßen Kastanien spotten,
zum morgenländischen Lebensbaum,
der kein Laub wirft und Friedhöfen nahe steht.
    Wir lernten uns bei der blassen Miß Winett kennen.
    Im Jahre neununddreißig züchtete Otto Greul
    seine Teehybride Gretl Greul.
Wegen deiner verzweigten Verwandtschaft
stritten wir uns
unterm getüpfelten Blasenstrauch.
    Diese Rose vorm weißen Tausendschön,
    neben der kniehoch kriechenden Floribunda,
    diese Rose wurde nach einem General benannt:
    Mac Arthur. Mac Arthur. Die Rose Mac Arthur.
Nichts schreckt die Kinder,
denn zwischen Anzuchten sind alle gerollten Schlangen
sonntäglich ruhende Schläuche,
montags die Pyrenäen zu wässern,
dienstags das Amurland und so weiter . . .

Dort, unterm Judasbaum,
Herzblätter wirft er,
wird eine Bank frei.

Vermont

Zum Beispiel Grün. In sich zerstritten Grün.
Grün kriecht bergan, erobert seinen Markt;
so billig sind geweißte Häuser hier zu haben.

Wer sich dies ausgedacht, dem fällt
zum Beispiel immer neues Grün
in Raten ein, der wiederholt sich nie.

Geräte ruhen, grünlich überwunden,
dabei war Rost ihr rötester Beschluß,
der eisern vorlag, nun als Schrott zu haben.

Wir schlugen Feuerschneisen, doch es wuchs
das neue Grün viel schneller als
und grüner als zum Beispiel Rot.

Wenn dieses Grün erbrochen wird.
Zum Beispiel Herbst: die Wälder legen
den Kopfschmuck an und wandern aus.

Ich war mal in Vermont, dort ist es grün ...

Diese Stille,
   also der abseits in sich verbissne Verkehr,
     gefällt mir,
und dieses Hammelkotelett,
   wenn es auch kalt mittlerweise und talgig,
     schmeckt mir,
das Leben,
   ich meine die Spanne seit gestern bis Montag früh,
     macht wieder Spaß:
ich lache über Teltower Rübchen,
unser Meerschweinchen erinnert mich rosa,
Heiterkeit will meinen Tisch überschwemmen,
und ein Gedanke,
   immerhin ein Gedanke,
     geht ohne Hefe auf;
       und ich freue mich,
         weil er falsch ist und schön.

Schon wieder mischen sie Beton.
Von rostiger Armierung taut
die letzte Hemmung, Fertigteile
verfügen sich und stehen stramm:
Komm. Paß dich an. Komm. Paß dich an.
 Als meine Wut den Horizont verbog,
 als ich den Müll nicht schlucken wollte,
 als ich mit kleinen spitzen Verben
 Bereifung schlitzte, – Warum parken Sie? –
 als ich den Pudding durch ein Haarsieb hetzte
 und ihm sein rosa Gegenteil bewies,
 als ich mir Schatten fing, als Schattenfänger
 bezahlt, danach veranlagt wurde,
 als ich die Nägel himmelwärts
 durch frischgestrichne Bänke trieb,
 und meine Zunge sich Geschmack erdachte,
 als ich beschloß, die Gürtelrose zu besprechen,
 nur weil im Welken noch drei Gramm Genuß,
 als ich, es nieselte, die Bronze leckte
 und schwellenscheu die Fotzen heilig sprach,
 als meine Finger läufig wurden
 und längs den Buden jedes Astloch deckten,
 als ich die Automaten, bis game over,
 bei kleinen Stößen Klingeln lehrte,
 als jede Rechnung unterm Strich
 auf minus neunundsechzig zählte,
 als ich bei Tauben lag und schwören mußte:
 Nie wieder werde ich mit Möwen! –
 als ich ein Ohr besprang, um Ablaß bat:
 Zu trocken sind die Engel und zu eng! –
 als nur noch Kopfstand mir Vokabeln gab:
 Ich liebe dich. Ich liebe dich. –

Als Winterfutter aus den Mänteln
geknöpft und eingemottet wurde,
als sich das Treibhaus bunt erbrach, –
Lautsprecher in den März gestellt, –
als Kitzel Krätze Fisch und Lauch
sich stritten, brach der Frühling aus:
Ich hab genug. Komm. Zieh dich aus.

Meissner Tedeum

HERR GOTT, DICH LOBEN WIR
HERR GOTT, WIR DANKEN DIR.
DICH, VATER IN EWIGKEIT,
EHRT DIE WELT WEIT UND BREIT.

Wen soll ich loben?
Danken wem?
Soll ich das Chaos loben?
Wen?

Den parzellierten Unsinn?
Wen?

ALL ENGEL UND HIMMELSHEER
UND WAS DIENET DEINER EHR,
AUCH CHERUMBIM UND SERAPHIM
SINGEN IMMER MIT HOHER
STIMM:

Soll ich den Fortschritt,
Recht aufs Einzelgrab,
den Ledernacken loben,
wen?
Die Macht?
Dich blindlings immerrecht
hat die
Partei?
Wen soll ich loben? Danken
wem?

HEILIG IST UNSER GOTT,
DER HERRE ZEBAOTH.

Soll ich dem Gott, einsilbig
Wort,
einst auf dem Koppelschloß,
dem Kreuzzungsgott,
dem Gott auf Münzen, dem
in Gips,
wem soll ich danken, loben
wen?

DEIN GÖTTLICH MACHT UND
HERRLICHKEIT

GEHT ÜBER HIMMEL UND ERDEN
WEIT.

Wer hüpft vom Turm,
Gott Vater zu beweisen?

DER HEILIGEN ZWÖLF BOTEN
ZAHL

Wer redet atemlos,
bis die Bilanz verdächtig?

DIE LIEBEN PROPHETEN ALL

Wer frißt in sich hinein die
Schuld
damit kein Mörtel mehr und
kein Verputz?

DIE TEUREN MÄRTYRER ALLZUMAL

Wer schult das Recht um,
wer bucht Sünden ab?

LOBEN DICH, HERR,

Wer schafft dem Glauben
Büchsenlicht

MIT GROSSEN SCHALL.

und scheucht Gott Vater aus
dem Busch?

DIE GANZE WERTE CHRISTENHEIT
RÜHMT DICH AUF ERDEN ALLEZEIT

Der Jäger hielt sein Pulver
trocken;
Die Treiber sind, wie sagt
man, tot.

DICH, GOTT VATER IM HÖCHSTEN
THRON,
DEINEN RECHTEN UND EINIGEN'
SOHN,
DEN HEILIGEN GEIST UND
TRÖSTER WERT
MIT RECHTEN DIENST SIE LOBT
UND EHRT.

DU KÖNIG DER EHREN,
JESU CHRIST,
GOTT VATERS EWIGER SOHN
DU BIST

Du, meine Falle,
Du, mein Stolperdraht,
gebenedeite Pfütze,
meine brache und frischge-
pflügte Zungenweide

DER JUNGFRAU LEIB NICHT HAST
VERSCHMÄHT
ZU ERLÖSEN DAS MENSCHLICH
GESCHLECHT

Du, meiner Ziege leerge-
molkner Spott,
Schlag unterm Gürtel,
Hohn aufs Brot.

DU HAST DEM TOD ZERSTÖRT
SEIN MACHT
UND ALLE CHRISTEN ZUM HIMMEL
BRACHT

Du, meine Kirsche maden-
reich,
Du mehlig Apfel,
holzig Birnenfleisch,
Du wachsende Schlechtwet-
terfront.

DU SITZT ZUR RECHTEN GOTTES
GLEICH
MIT ALLER EHR INS VATERS
REICH.

Du, mein gelobter Stein am
Hals,
gelobter Kübel bis zum
Rand,

Du stiller Pfahl im dankbar
Fleisch.

EIN RICHTER DU ZUKÜNFTIG BIST
ALLES, DAS TOT UND LEBEND IST.

Wir loben und danken,
wir nähen uns heiß.
Wir trennen die Naht auf
und fädeln die Zeit,
wir säumen den Nachmittag
ein.
Wir feuchten den Daumen
an,
finden durchs Nadelöhr
Einlaß ins himmlische
Reich.

NUN HILF UNS, HERR,
DEN DIENERN DEIN

Hilfe und Stundenlohn.
Schwestern der Schere gleich,
heften aufs Kreuz:
rotgestickt perlenblut.
Stigma wird Mode
und Tüll wird zum Stein, –
das Kleid muß bis Ostern
doch fertig sein.

DIE MIT DEIM TEURN BLUT

ERLÖSET SEIN

LASS UNS

IM HIMMEL

HABEN TEIL

MIT DEN HEILIGEN

IM EWIGEN HEIL

Das kommt vom Loben,
Danken,
kommt vom Glauben, Hoffen,
kommt vom Lieben,
das kommt vom Lachen,

kommt davon,

HILF DEINEM VOLK,
HERR JESU CHRIST,

wenn wir des Nächsten Heiterkeit begehren,
am Eisen nur den Rost ver-
ehren,

UND SEGNE,
WAS DEIN ERBTEIL IST

wenn sich die Reime, Hexen
auf der Heide,
ins Unkraut legen; Samt
küßt Seide,

WART UND PFLEG IHR'R
ZU ALLER ZEIT

wenn Kunst sich auf des
Messers Schneide
verbeugt und um ein Lä-
cheln wirbt,

UND HEB SIE HOCH
IN EWIGKEIT

wenn man mit Erbsen den
Applaus verdirbt,
bei Gegenwind den Ofen
schilt,
den Spiegel leckt, das Spie-
gelbild verlacht,
Gefühle überlegt,

WART UND PFLEG IHR'R
ZU ALLER ZEIT

wenn man die Treppen auf-
wärtsfegt
und lacht, wenn uns das Eis
nicht trägt.

UND SEGNE,
WAS DEIN ERBTEIL IST

Das kommt davon. Das
kommt davon,

wenn uns die Sünde endlich
leer
gekehrt hat, sind wir folgen-
schwer
und loben Gott im Ungefähr
mit Bitteschön und Dankesehr.

TÄGLICH,
HERR GOTT,
WIR LOBEN DICH

Eintopf aus   Lob und Dank.
Bittgesuch   Rundgesang
Bohnentopf,   noch nicht gar,
Deckel drauf, Koch und Narr
rührt schon das siebte Jahr, –
leis in der Suppe schwimmt
Ekel.   dein Haar.

UND
EHRN
DEIN
NAMEN
STETIGLICH

Blechmusik,   Vorhang auf,
kleiner Krieg, Schlußverkauf,
Traurigkeit,   leicht verdaut. –

BEHÜT UNS HEUT,
O TREUER GOTT,
VOR ALLER SÜND
UND MISSETAT;
SEI UNS GNÄDIG, O HERRE GOTT,
SEI UNS GNÄDIG, IN ALLER NOT;

Wer hat dem lieben Gott
einst das Konzept versaut?

ZEIG UNS
DEINE BARMHERZIGKEIT,
WIE UNSRE HOFFNUNG

Kein Dank. Kein Lob.
Alleine mit den Taten,
klein und beschränkt im Vakuum,

ZU DIR

nicht zu verstoßen, zu erlösen,

STEHT

nur irdisch mündig will ich
sein.

AUF DICH
HOFFEN WIR,
LIEBER HERR,

IN SCHANDEN
LASS UNS NIMMERMEHR.

AMEN

DICH, Zweifel, will ich ket-
tenrauchend rühmen,
DICH, eingekellert und verlacht,
DICH, ohne Paß, des Thomas
standhaft Finger,
und DICH, Vernunft in deiner Ecke,
die Eckensteherin Vernunft
will ich laut rühmen, –
– NEMA! – gegen Wind,
will, – NEMA! – ich laut
rühmen gegen Wind,
will ich laut rühmen gegen
Wind. –
Nema!

Ach, die Kinder wollen nicht schlafengehen,
immer was Neues fällt ihnen ein,
Sandmännchen sehen, Sandmännchen sehen.
Als unser Sandmännchen auf Wunsch der Zahnärzte etwas
gegen das Daumenlutschen unternahm,
kamen viele Protestschreiben, die vor Frühhemmungen
oraler Lustbefriedigung warnten und unser
Sandmännchen baten, das Tränentüchlein zu schonen.
Ach, wie schwer ist es, gute Nacht zu sagen.
Sandmännchen West und Sandmännchen Ost
wollen einander nicht anerkennen,
beide müssen in einer Sekunde 25 Bewegungs-
phasen durchlaufen, nur Staatsverdrossene
ziehen das politische Sandmännchen
aus Adlershof unserem freiheitlichen Sandmännchen,
das nur beglücken will, vor.
Sandmännchen hat ein Eigenleben,
Sandmännchen ist eine kleine bescheidene Lebenshilfe,
Sandmännchen will die Frage nach dem Tränentüchlein
innerhalb einer gesamteuropäischen Friedensordnung
beantwortet wissen.
Bildstörung, Sandmännchen Ost hat Sandmännchen West
einen Brief geschrieben.
Jetzt haben wir ein Sandmännchen-Problem.

Danach

Vom Fisch blieb die Gräte.
Luftige Zwischenräume
in denen die Veteranen der Revolution
mit ihrem Anhang siedeln
und Wünsche
den Grünkohl von gestern züchten.

Tauschhändler.
Wer Bauläden voller Lösungen bot
singt jetzt die Leere an
bis sie Mode wird.
Viele tragen jetzt sparsam geschnittene Mäntelchen
denen Ärmel, Knöpfe und Taschen fehlen.
Keiner will es gewesen sein.
Was spielen wir jetzt?

Eine Eingabe machen.
Sich versetzen lassen.
In welches Jahrhundert?
Einen Zopf tragen und vor Publikum abschneiden dürfen.
Oder bei Völkerwanderungen zurückbleiben
fußkrank und bald danach ortsansässig.

Als wir anfingen, dachten wir: erst mal anfangen.
Es war ja nicht so gemeint.
Eigentlich wollten wir das und nicht das.
Aber das kam nicht.
Das kam.
Das konnten wir nicht wissen.
Das gibt es nicht.
Das liegt hinter uns.

Was in Blubberblasen steht.
Einwürfe vom Spielfeldrand.
Warum das und nicht das?
Danach wechselte die Mode.

Ein Lernprozeß in reiner Anschauung
hat begonnen.
Wir leben anspruchslos.

In Putz geritzt bleibt.
Solange der Kot dampft
ist die Inschrift neu.
Später gehen Sammler umher.
Kleine und längere Schreie werden aufgelesen.
Zum Beispiel dieser: Nein niemals nie!

Danach wurden die Möbel verrückt.

Diese Idee, so steil
und immer noch unbestiegen
lockte die Bergsteiger aus aller Welt.
Sommer für Sommer verstiegen sie sich.
Schuld trugen die Zuschauer
mit ihrem: Zu hoch. Zu steil.

Die Abstände der Kastanien.
Oder mein Finger über dem engmaschigen Maschendraht.
Hier bin ich schon paarmal gelaufen.
Da hol ich mich ein.
Was reden die immer von Glück.
Froh bin ich, wenn ein Baum fehlt.
Aber regelmäßig stehen die leeren Kastanien.

Schon im Davor begann das Danach.
Es sah sich gut vorbereitet
und nährte sich umsichtig im Gedränge.

Schwierig, den Schnitt
zwischen davor und danach zu ermitteln.
Denn als man jetzt sagte, lagen schon Anträge
auf Verlegung des Jetzt vor.
(Später soll es an einem dritten Ort
teilweise stattgefunden haben.)
Danach wurden andere Dinge und Tatsachen fotografiert.

Die Flurschäden werden danach berechnet.
Danach sind wir verlegen
und suchen Witze von früher.
Danach kommen Rechnungen ins Haus.
Unsere Schulden vergessen uns nicht.

Verzeichnis der Gedichte, die nicht in »Die Vorzüge der Windhühner« (1956), »Gleisdreieck« (1960) und »Ausgefragt« (1967) aufgenommen oder nach 1967 geschrieben wurden.

Inhalt

GLEISDREIECK

AUSGEFRAGT

ZORN ÄRGER WUT

**Günter Grass
Die
Blechtrommel**
Roman.
Band 147.
,,Mit seinem
Roman hat sich
Grass einen An-
spruch darauf
erworben, ent-
weder als satiri-
sches Ärgernis
verschrien oder
aber als Prosa-
schriftsteller er-
sten Ranges ge-
rühmt zu wer-
den.''
*H.M.
Enzensberger*

**Günter Grass
Katz und Maus**
Eine Novelle.
Band 148
,,Es ist erstaun-
lich, wie es Grass
gelingt, das Ne-
beneinander von
Derbheit und
Frömmigkeit,
Ausgelassenheit
und Scheu, Prah-
lerei und Ver-
zweiflung glaub-
haft zu machen.''
Walter Jens

**Günter Grass
Hundejahre**
Roman.
Band 149
,,Sein Volumen
ist immens, und
es ist voll ausge-
füllt. Barock
und Rabelais,
Jean Paul und
Grand Guignol...''
H. Vormweg

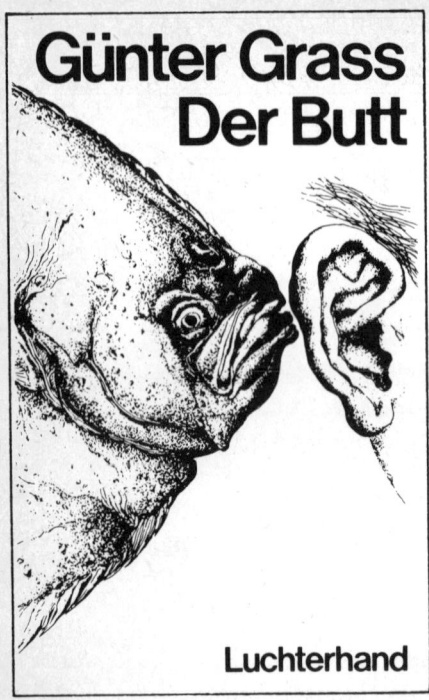

Günter Grass
Der Butt

Luchterhand

Leinen. 700 Seiten

Ein Buch, mit dem man lange leben kann. Mit diesem
Roman, nach dem sprechenden Plattfisch des Märchens
benannt, geht es einem wie mit Menschen: Man hört zu,
hört auch mal weg, ist glücklich und mal ärgerlich.
Rolf Michaelis   *Die Zeit*

Groß, frisch, oft überraschend, vor allem dann, wenn Grass
sinnliche Sagas oder menschliche Tragödien unserer Gegen-
wart beschreibt, sind Sprache und phantasmagorische Phantasie dieses genialischen Erzählers.
Joachim Kaiser   *Süddeutsche Zeitung*

Luchterhand

Günter Grass in der Sammlung Luchterhand

Die Blechtrommel
Roman. Danziger Trilogie 1
Sammlung Luchterhand Band 147

Katz und Maus
Eine Novelle. Danziger Trilogie 2
Sammlung Luchterhand Band 148

Hundejahre
Roman. Danziger Trilogie 3
Sammlung Luchterhand Band 149

Aus dem Tagebuch einer Schnecke
Sammlung Luchterhand Band 310

örtlich betäubt
Roman. Sammlung Luchterhand Band 195

Gesammelte Gedichte
Mit einem Vorwort von Heinrich Vormweg
Sammlung Luchterhand Band 34

Die Plebejer proben den Aufstand
Ein deutsches Trauerspiel
Sammlung Luchterhand Band 250

Denkzettel
Politische Reden und Aufsätze 1965 - 1976
Sammlung Luchterhand Band 261

Günter Grass -- Materialienbuch
Herausgegeben von Rolf Geißler
Sammlung Luchterhand Band 214

Klassenbuch
Ein Lesebuch zu den Klassenkämpfen in Deutschland 1756 – 1971

Herausgegeben von Hans Magnus Enzensberger, Rainer Nitsche, Klaus Roehler und Winfried Schafhausen.
Sammlung Luchterhand 79, 80, 81.
Gesamtauflage 100 000.

Kein Zweifel, nicht nur aus der Misere der Lesebücher haben die Herausgeber des »Klassenbuchs« radikale Konsequenzen gezogen. Herausgekommen ist dabei kein weiterer, auf Repräsentanz bedachter Entwurf, sondern eine vorläufig unersetzbare, vorbildlich angeordnete und dokumentierte Sammlung von Materialien zu einer Sozialgeschichte, die so schnell nicht geschrieben werden wird.
Lothar Baier, Frankfurter Allgemeine Zeitung

Es gab ein paar Vorarbeiten, die den Herausgebern zu Hilfe gekommen sind, solche aus der BRD und solche aus der DDR, aber den größten Teil der Arbeit haben sie selber durch jahrelanges Suchen leisten müssen. Sie haben sich Zeit gelassen, und so ist bei ihnen wirklich ein Muster dieses Landes und seiner Klassengegensätze zustande gekommen, von dem sich die Mehrheit bisher kaum ein Bild gemacht hat. Sie haben viele Rücksichten auf ihre Leser genommen, Fremdwörter und historische Zusammenhänge erklärt, Kontext direkt und indirekt hergestellt und auch ihrerseits eine Anthologie zusammengestellt, wie sie das Publikum, auf das sie zielen, sie sich nicht besser wünschen kann.
Walter Boehlich, Die Zeit

Luchterhand